À Jean-Claude Vanteoyen,

L'ENVERS DE L'ÉTÉ, celui de nos enfance et de tous les territoires mythifiés.

Bonne lecture
Hajar

HAJAR AZELL

L'ENVERS DE L'ÉTÉ

roman

GALLIMARD

À Mahjouba
À Mosa

De nos jours, quelque part
au bord de la mer Méditerranée.

I

TERRE

1

Elle s'était effondrée dans le salon un dimanche matin, sans vie, en un soupir. Les cris pleuvaient autour d'elle. On chantait la mort cruelle qui frappait la famille. On saisissait les téléphones, prévenait les morts et les vivants. Ils étaient venus de partout, son fils, sa fille, ses six frères et sœurs, ses cinq petits-enfants, tous ceux qui l'avaient connue, tous ceux qui avaient entendu parler d'elle. Elle avait marqué des générations par un don. Gaïa savait raconter les histoires. Chacune de ses phrases s'étirait lentement, soutenue par l'intelligence de son regard. Elle maîtrisait l'art des symboles, maniait la parole, désamorçait les tensions. Jamais ses récits n'étaient choisis au hasard. Ils émergeaient d'un contexte, renvoyaient chacun à sa propre situation, incarnaient toutes les parties d'un conflit. Souvent, les gens venaient la voir pour résoudre leurs différends. Elle avait un sens aigu de la justice. Son discours forgeait la cohésion entre les hommes, réglait les brouilles de famille qui s'éternisent, imposait la sagesse de son expérience. Elle connaissait parfaitement la vie des gens, les principaux événements qui la faisaient et la défaisaient. Les jours et les années importaient peu.

Dès l'annonce de la mort de Gaïa, son fils Elio prit l'avion depuis Paris. Sa femme et ses deux filles, May et Sarah, le rejoignirent le lendemain. La distance qui le séparait de la maison maternelle était un supplice. Chaque minute passée dans le train, l'avion puis enfin la voiture était chargée de souffrance. Il s'en voulait maintenant terriblement d'être parti loin de Gaïa.

Trente-cinq ans auparavant, lorsqu'il avait quitté la maison familiale, construite à flanc de colline dans le village de Tephles, pour aller étudier, ils savaient l'un et l'autre que leur vie allait changer, que désormais ils ne se verraient plus que par intervalles. Ils s'étaient étreints comme pour la dernière fois.

Puis, au fil des années, le lien qui les reliait s'était distendu. Elio s'était fait une raison. Il avait poursuivi ses rêves jusqu'à leurs confins. Ingénieur agronome puis chercheur reconnu, sa réussite le mena très loin de la maison familiale, construite entre mer et cimetière. Mais il revenait tous les étés et se refusait à croire qu'il était parti : il lisait encore les journaux du coin, téléphonait deux fois par semaine et envoyait des photos. Puis un jour, la nouvelle d'une mort arriva et d'autres suivirent. Ce monde qu'il voulait immuable changeait comme le sien. Il ne pouvait plus rester captif de ses souvenirs d'enfance. Les murs de la grande maison s'écaillaient, l'humidité y laissait des cloques, les mauvaises herbes envahissaient le jardin, les maladies guettaient ses proches. Le temps passait, courait, renversait les digues qu'on lui opposait. Ses deux filles, May et Sarah, ne lui ressemblaient pas. Elles n'avaient pas eu la même enfance, elles n'avaient pas connu le même dépouillement, elles n'avaient pas le même sens des rondes. D'énormes bâtiments blancs et difformes s'étaient interposés entre ses souvenirs et la mer qu'il contemplait depuis le toit. Le monde de sa jeunesse s'écroulait derrière lui. Il n'était plus qu'un spectateur occasionnel. Il avait quitté le tableau.

*

Quand Gaïa mourut, sa fille Rita était à quelques kilomètres de la maison familiale. Ce dimanche d'octobre, Rita avait ressenti quelque chose d'inhabituel. On lui prêtait une intuition redoutable dont elle faisait rarement usage. Elle était secrétaire dans une petite entreprise mais elle avait toujours rêvé d'« être quelqu'un » comme disait Gaïa des gens qu'elle estimait.

Rita et Elio avaient tous les deux grandi au village de Tephles. Rita était de ces femmes que l'on remarque. Elle avait, très tôt, nourri le rêve d'avoir son propre magasin, une auberge, un café, qu'importe, un établissement qu'elle puisse gérer elle-même. Ses ailes s'étaient brûlées dans plusieurs tentatives qui avaient toutes échoué.

Rita avait un visage fin et des yeux verts pénétrants. La vingtaine à peine franchie, elle avait rencontré l'amour. Un homme lui avait promis les étoiles. Gaïa s'était opposée à leur union. Rita était trop jeune pour partir à l'étranger avec cet homme de la ville. Ilan, son mari actuel, était arrivé après. Cela n'avait rien d'un choix du cœur.

Malgré sa déception amoureuse, Rita s'était mariée tôt, dans une précipitation qui avait emporté toute sa vie. Elle avait deux fils et une fille qui vivaient encore à la maison. Camélia était sa deuxième, et Rita faisait peser sur elle toutes ses espérances pour l'avenir. À vingt-cinq ans, Camélia était son enfant éternelle. Elle n'avait jamais prêté d'attention particulière à ses fils, les avait laissés grandir et se construire en autonomie. Ce jour-là, c'est Camélia qu'elle pleura au lieu de sa mère Gaïa. Elle pleura son destin écorché comme le sien, cette malédiction qui emportait toutes les femmes de sa famille. Elle fut prévenue par Nina, qui était au chevet de Gaïa depuis des années. Nina voulait se charger d'annoncer le décès à tout le monde. Rita le refusa net.

La famille avait recueilli Nina à sa naissance. Gaïa avait tenu à l'élever comme si c'était sa propre fille, avant d'accoucher d'Elio puis de Rita. Nina souffrait d'une légère surdité qui la maintenait à l'écart des réunions familiales. Elle était souriante en toutes circonstances mais souvent en retrait. Comment Nina pouvait-elle s'arroger le droit d'informer le reste de la famille ? Ce n'était pas son rôle.

Rita pensa d'abord aux tâches dont elle devait s'acquitter. Elle contacta Elio, son frère. La voix de Rita était grave, faussement émue. Elio était effondré. Elle appela ensuite Camélia puis, dans l'ordre, son fils aîné et le second. Enfin, elle composa un par un les numéros de la famille élargie et des amis. Les voisins étaient sans doute déjà sur place. Cela faisait longtemps qu'ils s'étaient préparés à accourir avec le visage le plus triste de leur collection.

Rita prit la voiture, seule, pour retrouver la dépouille de sa mère, échouée sur la banquette du grand salon. Sa fille, Camélia, ses deux fils et son mari arrêtèrent des taxis depuis différents quartiers de la ville et gagnèrent la maison familiale, animée de clameurs, d'une foule de tissus longs, sombres, et d'une forte odeur d'encens.

*

Le village de Tephles était érigé sur une colline balayée par un petit vent. Elio était revenu de France. Les autres membres de la famille proche habitaient à quelques kilomètres du village où Gaïa avait passé toute sa vie. Ils étaient tous revenus. Cette fois-ci pas en été, pas pour la mer, mais pour la terre, où l'on retourne lorsque c'est fini, lorsque l'on célèbre ou que l'on pleure. Tout revenait à la terre : des corps, à leur mort, aux robes blanches des mariées. Tephles demeurait le lieu des mariages, des naissances et des enterrements. La terre les réclamait tous, un jour ou l'autre.

La ronde était reformée, les visages rongés par le deuil, les mines grises et les yeux brouillés. Ils avaient fait le trajet jusqu'au cimetière adossé à la maison pour enterrer Gaïa le jour de sa mort avant le coucher du soleil. C'était là qu'elle avait toujours voulu finir : dans le sol brun de Tephles.

Nina avançait lentement, le regard vide. Rita pleurait. Elio était abattu.

Le cortège s'étira sous le ciel dégradé : des silhouettes marchant sous le soleil qui explose avant de disparaître. Une pellicule de miel recouvrait le village. Les habits flottaient dans le silence au milieu des croupes de verdure et du marbre froid des tombeaux. La foule avançait, compacte et désordonnée, sans meneur. Quelques voix s'élevaient, murmurant des prières ou des messes basses.

La ronde familiale était reformée, mais cette fois autour du cercueil. La terre sous leurs pieds abritait leur mère et grand-mère, rendue à son destin. Ils la lui confièrent puis retournèrent à la maison à la tombée de la nuit, par la petite porte du jardin. Elio, Rita, Nina, leurs tantes, leurs oncles et leurs enfants allaient tous rester ensemble, pendant plusieurs jours, dans cette grande bâtisse qui n'avait jamais été aussi pleine. Pleine mais vidée de cette aura dont seule Gaïa avait le secret. Les heures qui suivirent le décès, la parole les quitta. Tous les mots étaient maladroits.

Pourtant, le vivant reprit ses droits plus tôt que prévu. Au lendemain de l'inhumation, Nina, Elio et Rita organisèrent un grand repas qui rassembla la famille élargie, les voisins de Tephles et des villages alentour. Les filles d'Elio, May et Sarah, et leur mère étaient arrivées dans la matinée. À 14 heures, une trentaine de tables étaient dressées à l'intérieur, sur la terrasse et dans le jardin. On attendait l'arrivée du plat. Lorsque, soudain, la flamme de vivre jaillit là où on ne l'attendait pas :

« Qu'est-ce qu'on va faire de la maison ? »

Ces quelques mots s'étaient échappés des lèvres fines et serrées de Rita, brunies par la cigarette.

Elio se tourna vers sa sœur, raidi. Les messes basses s'animèrent de plus belle.

« Tu as vu Camélia, elle a encore maigri ! Et May est dévorée par les boutons ! C'est dommage, c'est une jolie fille... Mais qu'est-ce qu'elle a l'air fatiguée... Je t'avais dit qu'en France ils ne savent pas vivre, ils préfèrent passer leur temps à travailler... » disait Miranda, la femme de l'un des pêcheurs du village, à Rossio, sa voisine de table.

Rossio répondit en louchant sur Elio : « Attends. Ils parlent de choses sérieuses. Tu penses qu'ils vont vendre la maison ? Nina ne pourra pas y rester toute seule, c'est évident... Elle est bizarre, cette femme, non ? Si solitaire ! »

Rita prit une longue inspiration et poursuivit :

« Notre mère aurait voulu...

— Qu'est-ce que tu en sais ? Tu ne venais jamais la voir..., lança Elio, les nerfs à vif.

— Qui passait la voir quand elle était malade ? Qui remplaçait les ampoules, qui faisait venir des plombiers, repeindre les murs, nettoyer le jardin ? Toi, depuis la France ? »

Le frère et la sœur avaient tous les deux haussé la voix. Les invités se retournèrent, les bavardages faiblirent autour d'eux. À présent, on les fixait. Tout le monde attendait l'explosion qui suivrait. Cette tension les arrêta en plein élan. Chaque querelle, même dérisoire, faisait resurgir les violentes disputes du passé. Mais ce n'était pas le moment, ils avaient, tous deux, la décence de s'en apercevoir. La phrase de Rita avait ouvert la voie. Le bourdonnement des messes basses reprit. Des voisins racontaient des histoires sordides sur Nina. Certains narraient les déboires de Rita, cette « femme rude » mariée à « un alcoolique », d'autres regrettaient le départ d'Elio. Des tantes passaient tous les corps en revue, ceux qui avaient vieilli, grossi ou maigri.

Ce n'était pas la première fois que la maison suscitait des tensions. À la mort de leur père, déjà, ils s'étaient déchirés pour savoir que faire d'une maison si vieille, si inutilement grande. Mais ils l'avaient gardée. Gaïa y était très attachée. Elle la tenait de ses propres grands-parents, l'avait entretenue et rénovée avec un sens inné du détail. Une émotion paisible l'habitait lorsqu'elle arpentait le jardin qui l'entourait, délimité par un muret de ciment peint à la chaux. Elle connaissait chaque plante qu'elle avait semée ou bouturée de ses propres mains, même les plus éphémères. Elle remarquait les fissures qui avaient surgi sur les murs comme les rides sur son propre visage. Elle était chez elle.

Elle y avait vu grandir Nina, Elio et Rita. Ils avaient joué ensemble sous le grand figuier, ils avaient puisé l'eau du puits dans de grands seaux éventrés qui se déversaient partout dans le jardin. Ils avaient ri pendant leurs parties de cache-cache nocturnes, ces étés prodigieux où la différence entre le jour et la nuit ne fait plus sens. Mais, à présent que les deux parents étaient morts, la question de la maison se posait avec plus d'insistance. Évidemment, tout le monde y avait pensé dès la mort de Gaïa, mais personne n'avait encore osé aborder le sujet. À Tephles, les choses ne se faisaient pas ainsi. Par tradition, on respectait les morts, presque plus que les vivants.

*

Les filles d'Elio, May et Sarah, étaient arrivées le lundi matin, avant le grand repas. L'aînée, May, errait dans le jardin. Elle saluait des visiteurs qu'elle ne connaissait pas, se perdait entre les tables, cherchant vainement un peu de solitude. Elle pénétra dans la maison. Sa cousine Camélia était déjà là, assise, au même endroit que le matin, dans le salon aux baies vitrées, à l'angle entre deux banquettes. Elles s'étaient à peine croisées, presque évitées dans la cohue des préparatifs. May avait les traits tirés par la fatigue du voyage. Camélia sanglotait. Ses cheveux très bouclés tombaient sur ses épaules. Elle conservait une posture droite et digne, sa peau était uniformément hâlée et satinée. Lorsque May vit son regard, des larmes montèrent à ses yeux. Même triste, sa cousine restait belle. Une légère jalousie brûla May. Elle sourit cordialement à tous ceux qu'elle croisa sur son chemin puis prit Camélia dans ses bras, longuement, sans un mot. Au repas, elles s'assirent à la même table. Les plus jeunes s'étaient regroupés. Leurs frères et sœurs bavardaient discrètement. Le plat se faisait attendre. Des convives manquaient à l'appel.

May et Camélia ne s'étaient pas vues depuis un peu plus de deux ans. Cela faisait deux étés que les parents de May, Elio et sa femme, avaient préféré emmener leurs enfants en Suède puis en Croatie plutôt que chez la famille. Le dernier été qu'elles avaient passé ensemble avait été un peu plus froid que les autres. Le ton montait plus souvent entre Elio et Rita. Les enfants avaient grandi, ils avaient d'autres préoccupations et les rassemblements familiaux leur pesaient. May et Camélia avaient tenté de garder contact. Les premiers mois, elles s'appelaient encore de temps en temps pour partager leurs histoires de cœur ou les derniers potins. Puis le temps et la distance se chargèrent de diluer les souvenirs qu'elles avaient partagés. Camélia s'était renfermée. May, elle, espérait encore qu'un été tout redevienne comme avant. Petit à petit, leurs messages s'espacèrent. May sentit une distance se creuser entre elles. Plusieurs fois elle eut envie de prendre un billet sur un coup de tête pour rattraper le temps. Mais quelque chose la retenait. Comme une appréhension de visiter seule ce village et ce pays qu'elle avait toujours connus en famille.

Le plat arriva enfin. Le mari de Miranda avait offert sa pêche du jour. Les légumes venaient du jardin. Nina avait tout préparé. Ils mangèrent en silence. May et Camélia ne savaient plus quoi se dire. La discussion tendue entre leurs parents avait jeté un froid. La faim ne venait pas. Autour d'elles, l'assemblée poursuivait ses conciliabules habituels, des petites conversations qui allaient du prix des fruits et légumes à la couleur du ciel. Tout se déroulait comme sous l'impulsion d'un processus naturel. Dans ces rondes familiales où chacun connaissait sa place, le temps se dilatait à l'infini. May se leva avec les derniers rayons du soleil, elle quitta la table pour le jardin. La nuit était à présent tombée, le grand figuier baignait dans les stries roses du ciel. May suffoquait. Le décor de ses étés se colorait d'une teinte triste. L'odeur des pins en fin de journée, l'éruption du soleil, le vent qui rendait les cheveux collants et humides. Ses souvenirs remontaient à la surface et semblaient déjà d'une autre époque. Elle avait besoin de solitude. Les conversations maintenaient béante la plaie du deuil. Il fallait tout partager, les bonheurs comme les blessures, rester assis ensemble pendant des heures à ressasser des souvenirs. Au fond, chacun pleurait surtout l'amputation de sa propre mémoire. Qui avait vraiment fait l'effort de s'intéresser à sa grand-mère, de lui poser des questions ? May elle-même savait peu de choses de Gaïa. Elle était restée fascinée par la puissance de ses histoires sans chercher à la connaître au-delà de ce qu'elle représentait. Et maintenant il était trop tard.

2

Le soleil s'était réveillé, un soleil incendiaire, et un petit vent qui agitait des plantes aux tiges citronnées. Camélia et May ne se souvenaient jamais de leur nom, seulement de ce goût de citron acide et chaud, qui brûle la langue. Elles les arrachaient par dizaines dans le jardin, en retiraient les petites fleurs jaunes puis suçaient les tiges dans un éclat de rire.

« Les chats pissent dessus, vous êtes folles ? » criait Nina, chaque fois qu'elle les voyait courir dans le jardin avec, entre les mains, les fines branches vertes des oxalis des Bermudes.

Chaque année, May et Camélia inventaient de nouveaux défis. Ils rythmaient le temps infiniment long des étés de leur enfance. Leurs aventures étaient dérisoires. Elles dépassaient rarement le seuil de cette maison depuis laquelle on pouvait voir une mer aussi vaste que le ciel. Cette vue, il fallait la mériter. Toujours être accompagné pour monter sur le toit de la maison par un escalier rouillé. De là-haut seulement on voyait la mer tout entière. Mais alors, un autre élément s'ajoutait au décor. Des rectangles tracés par des pierres peintes à la chaux et des édifices en marbre par centaines. Un énorme cimetière envahi de mauvaises herbes était adossé à la maison. Enfants, c'était pour elles une source d'histoires par milliers. Camélia avait toujours été la plus habile pour en inventer. Elle asseyait tous les petits cousins en rond autour d'elle et prenait une voix grave pour les effrayer. Son personnage favori était la vieille voisine qui les observait depuis sa fenêtre, assise toute la journée sans ciller, toujours au même endroit. Camélia leur faisait croire qu'elle était morte depuis des années et que son fantôme était revenu épier la famille. Elle racontait que son fils l'avait poussée du balcon de la maison, par-dessus la balustrade en fer forgé, et que, depuis, elle était devenue gardienne du lieu. Camélia affirmait que les enfants pouvaient voir les morts longtemps après leur disparition. Elle disait qu'il lui était arrivé de croiser leur grand-père lorsqu'elle montait au deuxième étage. Elle voyait son ombre flotter dans le salon, sur le fauteuil où il aimait s'asseoir d'habitude. La dernière fois qu'elle l'avait aperçu, il lui avait même demandé des nouvelles de grand-mère Gaïa.

Lorsque les mots de Camélia atteignaient les notes les plus lugubres, May se murait dans le silence. Sa cousine pouvait dire les choses les plus farfelues avec un aplomb tel qu'aucun des enfants n'osait les remettre en cause. Sarah – la sœur de May – encore trop petite pour comprendre, écoutait patiemment les conversations, fascinée par le talent de conteuse de Camélia. Après cela, May peinait à trouver le sommeil. Parfois elle croyait entendre les frottements des habits du fantôme de ce grand-père qu'elle avait vu vieillir d'été en été. May ne connaissait rien de cet homme, pas même son métier. Un jour, Nina lui avait confié : « Tu sais, ton grand-père, c'est très simple, il allait chercher l'argent et il revenait dormir à la maison. C'était tout ce qu'on lui demandait. Il était très discret, presque muet. »

Le soir, lorsque May glissait de son petit lit pour aller aux toilettes, elle courait pour ne pas avoir le temps de voir quoi que ce soit. Une petite lumière blanche filtrait sous la porte métallique. Elle provenait de l'unique lampadaire qui restait allumé dans le jardin. Le fracas lointain de la mer résonnait par la petite aération des toilettes. Ce n'était que la mer, et son ressac. Des images glaçantes traversaient l'esprit de May, habité des histoires de sa cousine. Elle regagnait vite son lit encore chaud. Les ombres du rideau se mettaient à danser sur le mur. Elle y voyait des visages, croyait percevoir une silhouette qui traversait le jardin. Et puis elle finissait par s'endormir, bercée par le bruit de la mer et le ronflement de Camélia.

*

Les deux cousines avaient le même âge à quelques mois près. Elles étaient passées, ensemble, de l'enfance à l'adolescence en partageant leurs expériences. Leurs étés se résumaient ainsi : prendre le petit-déjeuner en vitesse, s'habiller, descendre à pied à la plage, longer le cimetière, poser ses affaires sur le sable, voir la plage se remplir puis observer les vacanciers chassés par le vent et la marée qui remonte. Il en fallait si peu. Puis il y avait la drague incessante, les éclats d'eau salée dans les yeux, les corps en offrande au soleil, l'odeur de la mer et le goût du sel qui rongeait les lèvres. Chaque été la plage accueillait un mélange de villageois, d'enfants de la grande ville voisine et de familles émigrées venues d'autres pays. Sur toute son étendue, la plage devenait une valse de corps qui se scrutent et se découvrent. Des bandes de filles et de garçons s'y déplaçaient en horde. Ceux qui habitaient dans le coin venaient tous les jours. Et puis il y avait les vacanciers réguliers qui rejoignaient, au fil des années, le clan des locaux. Ils se baladaient en serrant les mains et en déposant des bises. Vers 15 heures, les pêcheurs venaient tirer leur filet. Le spectacle était fascinant, des dizaines d'hommes et d'enfants se rassemblaient autour d'un filet rouge aux mailles usées. Quelques poissons s'en échappaient encore vivants, frétillant sur le sable. Les plus jeunes étaient rendus à la mer mais les enfants en attrapaient toujours quelques-uns pour sentir leurs écailles entre leurs mains. Leurs sens en éveil s'animaient à chaque nouvelle prise. Rougis par le soleil, les visages s'éclairaient au moindre mouvement de hanches ou de muscles saillants. Les peaux buvaient le soleil et changeaient de couleur. Tout le monde devenait beau.

L'été de leurs quinze ans avait laissé à May et Camélia des souvenirs particulièrement forts. À l'époque, le jeu d'enfant était simple : se trouver chaque été un amoureux sur la plage. Leur préférence se portait sur ceux qui venaient d'ailleurs. Les grands bruns aux yeux clairs raflaient tous les gloussements sur leur passage. Alors elles jouaient à leur plaire, elles comparaient le nombre de regards posés sur leurs corps en formation. Chaque jour, un garçon différent sortait du filet. Étrangement, leurs choix convergeaient souvent sur le même style. Une fois qu'elles avaient réussi à capter suffisamment de regards, elles se lançaient des défis. Cela pouvait aller d'un frôlement dans la mer à quelques mots arrachés à leur passage. Les garçons qui intéressaient les deux cousines étaient timides, plus réservés, plus difficiles à attirer. Le défi était alors plus grand que de suivre la trace des milliers de remarques déplacées qu'elles récoltaient en marchant.

« Salut, tu es d'où ? » lança Camélia à un grand jeune homme fin, les cheveux ébouriffés et les yeux couleur miel.

Ce genre de garçon, frêle et rêveur, était celui que May préférait. Camélia le savait très bien. Elle prenait les devants et les abordait pour elle. Camélia n'avait pas le corps plantureux des filles de son âge mais elle savait s'y prendre. May la regardait faire avec admiration. Parfois elle se demandait pourquoi Camélia se plaisait tellement à lui préparer un terrain que May avait rarement l'occasion d'explorer.

« Je viens de France. Je passe mes étés ici chez la famille.

— Ah d'accord. C'est bien la France ?

— Oui c'est sympa mais il fait froid. Je préfère quand même venir ici, c'est différent…

— Oui je te comprends totalement, ici on vit mieux, dit-elle sans aucune conviction.

— Et vous ? Vous parlez super bien français ! Vous êtes d'où ? France ? Belgique ? Canada ?

— On vient de Belgique !

— Ah bon ? Où ça ?

Camélia et May se regardèrent en retenant une explosion de rire au bord des yeux.

— Bruxelles…

— Ah d'accord !

— Bon on doit y aller, je vois mon oncle arriver, à tantôt !

Puis elles repartirent à l'endroit où elles avaient laissé traîner leurs serviettes en pouffant.

— Qu'est-ce qui t'a pris de mentir comme ça ? lança May, hilare.

— C'est plus marrant non ? Et puis, ça va, toi tu vis en France, non ? C'est presque pareil !

— Ça n'a rien à voir !

— C'est fou, ils nous demandent chaque fois d'où on vient, comme si on ne pouvait pas vivre ici et parler français correctement… On apprend le français à l'école nous aussi…

— Je connais plein de gens là-bas qui pensent pareil. Pour eux, ici, il n'y a que des arriérés…

— Je vais leur montrer, moi, si on est des arriérés…. Sales crâneurs qui épluchent des patates toute l'année dans leurs banlieues… Demain je suis… luxembourgeoise, allez ! C'est un pays ça, déjà ? »

May s'esclaffa. Camélia était sérieuse. May le savait très bien. Si elle l'avait décidé, elle le ferait. Chaque jour, les histoires étaient différentes. Dans un espace qui brassait des milliers d'âmes en quête de souvenirs, elles se mettaient en scène différemment chaque fois. Camélia et May créaient des personnages qui ressemblaient à ceux qu'elles croisaient sur la plage. Elles changeaient de pays d'un jour à l'autre. Elles marchaient près de la mer, couraient sur le sable et traversaient la pinède en riant. La mer était le seul endroit où la famille pouvait les oublier pendant des heures. Sans aucune règle, livrées à elles-mêmes, à l'horizon, à la pinède déchirée par le soleil et aux milliers de voitures venues de partout. Et puis chaque année, au début de septembre, les voitures repartaient, les larmes coulaient et la pinède était à son tour livrée à elle-même. Seule avec son éclat jusqu'à l'année d'après.

*

Un soir, Camélia avait eu l'idée de prendre « un bain de minuit, comme dans les films ». Camélia avait grandi dans la ville, à quelques kilomètres du village de Gaïa. C'était une grande fille aux cheveux parcourus de boucles noires et serrées. Son corps maigre et brun débordait d'énergie. Elle aimait croire que son esprit avait interdit à son corps de se développer. Délivrée de la lourdeur des fesses et de la poitrine, Camélia était restée d'une féminité discrète.

Elle avait raconté à May que, le jour où elle était devenue une femme, elle avait pleuré à chaudes larmes. La substance marron dans sa culotte lui avait donné envie de vomir. Elle s'était trouvée sale et vulnérable. Cela lui avait rappelé qu'elle n'était « qu'une femme », que sa destinée était d'être mère et d'enfanter. Cela l'avait ramenée à sa condition biologique, à cette mollesse féminine contre laquelle elle s'insurgeait.

May, elle, avait une peau d'albâtre et des formes marquées et Camélia lui promettait un grand succès. À Tephles les gens aimaient les femmes pulpeuses à la peau claire. Parfois, les cousines imaginaient leur vie si May avait pris la place de Camélia et réciproquement. Elles échangeaient leurs habits et leurs bijoux, s'imitaient l'une l'autre en se tordant de rire. Camélia inventait toutes sortes de jeux. Ce soir-là, elle avait décidé qu'elle irait nager et personne ne pourrait l'en dissuader. Plus sage, May était néanmoins curieuse. Camélia l'entraînait à repousser ses limites. Le duo qu'elles formaient était bâti sur cet équilibre.

Elles attendirent patiemment dans le grand salon rectangulaire sur lequel donnait le petit couloir d'entrée, jouant aux cartes pendant des heures. Les adultes regagnèrent leurs chambres les uns après les autres. Au fur et à mesure que les lumières s'éteignaient, la flamme qui brûlait dans le regard de Camélia grandissait. Bientôt, il n'y eut plus aucun autre bruit que celui de la mer, plus d'autre son que le froissement des corps qui se retournent sous les draps. À ce moment, Camélia forma trois mots sur ses lèvres, sans qu'aucun son ne sorte de sa bouche.

« On y va ? »

Voyant le visage circonspect de May, elle chuchota : « En plus, on pourra enfin se baigner totalement nues. » May avait les yeux brumeux, étourdis par le sommeil. L'idée qui l'avait séduite plus tôt ne lui faisait plus envie. Elle préférait se réfugier dans la chaleur de sa couette. Camélia la traita de lâche. Si elle ne voulait pas y aller avec elle, tant pis, elle irait se baigner toute seule. May ne comprenait pas toujours d'où lui venait une telle désinvolture.

« Vas-y et reviens me dire comment c'est…

— Tu me prends pour qui ? Si c'est bien, ce sera tant pis pour toi, j'en profiterai seule. Et puis de toute façon tu dormiras, j'en suis sûre ! »

Sur ces paroles, elle tourna les talons et disparut derrière la porte de la maison, qu'elle referma délicatement derrière elle.

May avait la vague impression que sa cousine lui cachait des choses. Elle faisait toujours un peu plus que ce qu'elle annonçait. Elle attendait que Camélia s'en aille pour fouiller la chambre. Dans ses affaires, elle s'imaginait trouver des réponses. May vidait son sac de plage, remuait ses habits. Parfois, elle y trouvait le bas du maillot de Camélia, trop petit pour elle. Elle l'essayait en se cambrant pour paraître plus fine. Elle se regardait dans le grand miroir, de profil puis de face, imitait les mimiques de sa cousine et son sourire. Il y avait quelque chose qui la fascinait chez Camélia. Comme une envie de liberté que rien ne pouvait arrêter. Camélia écoutait ses propres désirs. May, elle, avait toujours voulu faire plaisir. Elle ne s'autorisait pas à s'affranchir des règles. Mais avec le temps et avec l'aide de Camélia, May s'affirmait petit à petit. Une certaine concurrence s'était installée entre elles. Un an plus tôt, lorsque May avait fait l'amour pour la première fois, à ses quatorze ans, elle s'était empressée d'appeler sa cousine. Camélia ne l'avait pas crue. Puis May avait tout raconté, en détail. Elle avait osé. Camélia était admirative. Elle-même ne s'en sentait pas encore capable.

Le lendemain matin, May se réveilla vers 11 heures. Camélia vint la trouver avec une trace rosée dans le cou. Elle n'avait pas dormi mais son visage irradiait.

« Qu'est-ce que tu as fait hier soir sur la plage, finalement ?

— C'est mon secret, t'avais qu'à me suivre. Tu as raté quelque chose. Je n'ai jamais rien vu de si beau dans ma vie.

— T'exagères pas un peu ?

— Je te jure !

— En tout cas, c'était tellement beau que ça t'a laissé des traces… Heureusement que je ne t'ai pas suivie, j'aurais bien tenu la chandelle… »

Camélia éclata de rire. Elle était fière du petit suçon qui trônait sur son cou doré. Il fallait d'abord que May le voie avant qu'elle ne le cache à ses parents, sous trois couches de maquillage à renouveler à chaque baignade.

« Cache-le, sinon ta mère va te faire la peau !

— Elle ne verra rien, ne t'inquiète pas… je sais comment m'y prendre.

— Tu rigoles ? Elle ne rate rien ! Chaque fois que je

m'assois les jambes un peu ouvertes, elle se précipite vers moi pour me dire de me tenir convenablement, comme si je faisais quelque chose de mal…

— “Les petites filles ne doivent pas se tenir comme ça, ce n'est pas bien…” » gloussa Camélia en imitant Rita.

Leurs rires reprirent de plus belle. Camélia ne raconterait pas complètement ce qu'elle avait fait la veille, ni la mer le soir, ni la lune ni même le bar de l'autre côté de la plage. Chaque année, ses pulsions de liberté avaient des cibles différentes. Mais rien de tout cela ne devait être dévoilé. Il fallait juste qu'elle en garde des preuves à montrer ou des bribes à raconter. Cela voulait dire « je fais ce que je veux, que vous le vouliez ou non ». Camélia s'était à nouveau démarquée : elle avait fasciné May pour au moins un été.

*

Cet été-là, celui des quinze ans de May et Camélia, Gaïa avait instauré des habitudes. Vers midi, enfants et parents remontaient tous déjeuner à la maison. Dans le vaste salon central, les petits rejoignaient les grands sur les banquettes disposées contre le mur.

Ce jour-là, de fortes odeurs de légumes et de poissons grillés s'échappaient de la petite cuisine occupée par les femmes. Comme souvent, le mari de Rita, Ilan, avait bu le matin. Dans ses yeux se lisait un bonheur béat. Il était taquin et volubile et cela mettait tout le monde de bonne humeur. Elio s'assit après avoir fait un tour dans le jardin. May le supplia : « Papa, raconte-nous des blagues. » Chaque année, avant de partir en vacances, il en apprenait de nouvelles pour amuser la galerie. C'était, pour lui, un moyen parmi d'autres de maintenir un lien avec sa famille. Elio commença d'abord par refuser. Et puis tous les enfants s'y mirent, criant, miaulant, rugissant de plus belle. Alors il se racla la gorge et se leva pour mimer la scène : « C'est deux fous qui discutent. L'un demande : Tu es né où ? L'autre répond : À l'hôpital. Le premier lui dit : Pourquoi, tu étais malade ? » Les enfants éclatèrent de rire. Les mimiques d'Elio étaient souvent plus drôles que ses histoires. L'atmosphère était festive. Les blagues s'enchaînaient. Ilan rejoignit la danse à la demande de son fils aîné. « Un enfant demande à son père : À quoi reconnaît-on un ivrogne ? Son père lui répond en désignant le jardin : Un ivrogne verrait quatre arbres au lieu de deux. L'enfant regarde dans la direction indiquée. Il voit un seul arbre. » Les enfants étaient hilares. Entre Ilan et Elio, la concurrence passait par les rondes familiales. C'était à celui qui les animerait le plus vivement.

Les estomacs commencèrent à ronronner. Les jeux du matin sur la plage leur avaient creusé l'appétit. Elio avait apporté trois paquets de graines de tournesol grillées encore chaudes. On éventra les sachets de papier et, bientôt, la table fut noire de pépites. Camélia aussi avait des histoires sous le coude. May la trahit : « Mais si, celle que tu m'as racontée hier… allez ! » Camélia blêmit un instant. À quoi May faisait-elle référence ? Elle la fusilla du regard. May lui retourna une mine perplexe. Camélia reprit ses esprits et commença à son tour. Elle savait capter l'attention. Elle marquait des arrêts, fixait les yeux des uns après les autres, puis se répandait en un rire fort et cristallin avant même d'avoir fini.

Lorsqu'elle eut terminé son histoire, Elio regarda Camélia avec une tendresse immense. Elle avait une aisance sociale que ses filles n'auraient jamais. Elle avait grandi dans le spectacle, dans son spectacle. La foule comme mère. Les individualités qu'on enterre. Le jeu de rôles qui contourne habilement les sujets fâcheux, interdits, polémiques. Elle en connaissait parfaitement les frontières. Son regard se perdit un instant dans les cheveux bouclés de sa nièce. Elle lui rappelait la vie qu'il avait quittée vingt-cinq ans auparavant. Un épisode lui revint soudainement à l'esprit. Il avait parlé à Rita de Camélia. Il la voyait bien avocate. Elle avait, pour ce métier, des qualités naturelles qui constituaient un vrai atout. Rita s'était braquée. L'ingérence de son frère l'irritait.

On réclamait une autre histoire à Camélia lorsque Gaïa sortit enfin de la cuisine et les rejoignit dans le salon. Son visage, fermé de prime abord, imposait immédiatement le respect.

— Vas-y, va demander un conte à ta grand-mère, chuchota Elio à l'oreille de Sarah.

Sarah était timide. Elle ne dit rien mais, à son regard intense, Gaïa comprit la requête. Le repas n'était pas encore prêt. Ils avaient bien le temps pour un conte. Gaïa s'assit à l'angle entre deux banquettes. Dès qu'elle émit le premier son, les parents tapotèrent sur les épaules de leurs enfants et les enfants se redressèrent sur leurs banquettes. Gaïa racontait une histoire.

Dans un village lointain, une femme avait accouché en secret. Cette femme était très pauvre et elle avait peur que les villageois apprennent cette naissance. Elle déposa l'enfant dans une petite barque, le confia à la mer et pria pour qu'il trouve une famille qui s'occupe de lui mieux qu'elle ne pourrait le faire. Je vais vous raconter le destin prodigieux de cet enfant... déclara Gaïa avec un sourire secret.

Le soir même, il arriva de l'autre côté de la mer et fut adopté par une famille généreuse.

En grandissant, l'enfant eut des visions récurrentes. Il voyait sa mère biologique de très loin, debout, sur la côte ; sans parvenir à distinguer tout à fait son visage. Lorsqu'il eut dix-sept ans, il décida de partir à la recherche de sa mère. Sa famille d'adoption l'encouragea. Il parcourut des kilomètres et des kilomètres sans savoir où ses pas le mèneraient.

Au cours de ce voyage, il aperçut un tout petit poisson doré qui se débattait sur le sable. Il s'approcha. Ses yeux ne l'avaient pas trahi : le poisson gisait, presque inerte, sur le sol. Il le prit entre ses mains et le remit en mer. Immédiatement après, un ange apparut. Le jeune homme s'arrêta brusquement, surpris par cette apparition. L'ange le remercia de l'avoir sauvé et lui demanda ce qu'il souhaitait le plus au monde. Il répondit : « Retrouver ma mère. » « Rien de plus simple », répondit l'ange. Il avait assisté à sa naissance depuis les fonds marins. Il l'aiderait à la retrouver. Mais avant cela il lui fit cadeau d'un pouvoir. Il pourrait pêcher sans que jamais les eaux ne se vident de poissons. Cependant, il devait rester prudent. Attirées par ce pouvoir, beaucoup de femmes allaient prétendre être sa mère. Pour ne pas se tromper, il lui recommanda de leur poser trois questions : en quel lieu elles avaient enfanté, avec quoi elles avaient coupé son cordon ombilical et ce qu'elles lui avaient offert ensuite.

Gaïa s'arrêta un instant pour reprendre sa respiration. Tous les regards étaient fixés sur elle. Elle avait plongé la petite assemblée dans une ambiance mystique dont elle se plaisait à voir l'effet. Elle reprit.

Celle qui était vraiment sa mère répondrait à ces trois questions en disant qu'elle l'avait mis au monde au bord de la mer, qu'elle avait coupé son cordon avec une branche de pin et qu'elle lui avait offert un bracelet. À ces paroles, l'ange disparut dans la mer. Ce qu'il avait prédit se produisit. Le jeune homme navigua en haute mer pour rejoindre la côte voisine et devint un excellent pêcheur. Il rencontra une première femme qui affirma être sa mère. Il lui demanda : « Où as-tu enfanté ? Avec quoi as-tu coupé mon cordon ombilical ? Et que m'as-tu offert à ma naissance ? » La femme répondit : « Je t'ai donné naissance près d'une rivière, j'ai coupé ton cordon avec un couteau et je t'ai offert le lait de mon sein. » Le jeune homme sut que ce n'était pas sa mère et passa son chemin. Il rencontra une deuxième femme, lui posa les mêmes questions et fut déçu des réponses. Les déceptions se succédèrent, il perdait espoir. Il s'assit quelques instants sur une petite colline pour regarder la mer. Un vieillard posa la main sur son épaule et lui demanda ce qu'il faisait là. Le jeune homme lui raconta son histoire. Le vieillard lui indiqua une femme muette qui vivait recluse dans une petite cabane les pieds dans l'eau. Lorsqu'il s'approcha de la cabane, le cœur du jeune homme battait fort. La femme lui ouvrit. Elle prit un carnet et s'assit à ses côtés. Lorsqu'il lui posa les trois questions que l'ange lui avait indiquées, elle fit un dessin. On y voyait des côtes qui enserraient la mer, une pinède verte et puis une petite barque dans laquelle un enfant se balançait. Le jeune homme reconnut immédiatement la nuit qui l'avait mis au monde et qui hantait ses rêves. Il reconnut les pins, la mère, et le bracelet car elle avait le même à son poignet. Cette femme, si triste et pauvre qu'elle n'avait pu garder l'enfant, fut couverte de bonheur à jamais.

Un silence avait rempli l'espace du grand salon. On n'entendait plus que les vagues. Le repas était prêt, servi par Nina. Les enfants demandèrent une deuxième histoire en vain. D'un mouvement, Gaïa invita tout le monde à manger avec un grand sourire. Une fois les premières bouchées avalées, les blagues reprirent de plus belle. Le poisson était délicieux à s'en lécher les doigts. Les enfants riaient, les parents parlaient fort, les couverts tintaient sur les plats dans un tumulte heureux. On ne s'écoutait plus tout à fait, des conversations naissaient de toutes parts, on se resservait, on trinquait, on raclait la grande assiette. Il était déjà 16 heures lorsqu'ils finirent allongés sur les banquettes, des tranches de melon entre les mains. Gaïa s'était assoupie.

Les enfants jouaient à l'extérieur. May et Camélia discutaient dans un coin :

« Pourquoi tu penses qu'elle a raconté cette histoire ? lança Camélia à sa cousine May.

— Je ne sais pas… C'est juste une histoire comme ça, non ?

— Tu n'as pas remarqué qu'elle ne choisit jamais ses histoires au hasard ?

— Qu'est-ce qui te fait dire ça ?

— Souvent, tous les adultes reparlent de ses histoires longtemps après. Je pense que grand-mère Gaïa nous cache des choses…

— Comme quoi ?

— Des secrets.

— Ah bon ?

— Oui, j'en suis sûre.

— …

— J'ai entendu les voisines en parler.

— Qui ça ?

— Rossio et Miranda disaient ça la dernière fois au restaurant de poisson.

— Si tu le dis… Moi, en tout cas, je l'adore…

— Je ne dis pas que je ne l'aime pas, je pense juste qu'elle a des secrets…, répondit Camélia, agacée.

— Tout le monde a des secrets… toi la première…

— Et j'en suis fière. Pour avoir des secrets, il faut déjà vivre des choses », répondit fièrement Camélia.

May resta pensive. Elle vouait à Gaïa un respect total. Camélia poursuivit, sûre d'elle :

« Tu ne l'as jamais vue le matin, quand personne n'est réveillé ? Elle sort de la bibliothèque du deuxième étage et elle referme un placard à clef...

— Non, jamais.

— La prochaine fois je te réveillerai et tu verras !

— D'accord », répondit May en bâillant longuement.

*

Le lendemain, Camélia s'était réveillée aux aurores et avait arpenté la maison. Personne à l'horizon, même Nina dormait encore. Il était 5 h 30 et le soleil levait lentement ses rayons vers le ciel. Elle était ensuite revenue dans la chambre où elle dormait avec May. Sa cousine était encore plongée dans un profond sommeil.

« May, réveille-toi !

— Hein ? Quoi ? grogna May, encore étourdie de sommeil.

— T'as déjà oublié ?

— Oublié quoi ?

— Ce dont je t'ai parlé hier à propos de grand-mère.

— Ah oui... je te crois, laisse-moi dormir.

— Allez, viens ! »

May se traîna hors du lit. Camélia monta au deuxième étage sur la pointe des pieds. Elle vérifia que May la suivait bien. Elles se faufilèrent ensuite dans la salle de bains qui se trouvait face à la bibliothèque. La porte était ouverte mais il n'y avait aucun bruit. May grimaça. Camélia chuchota :

« Un peu de patience, tu vas voir ! » May s'était assoupie, assise sur le carrelage. Un craquement la réveilla. Camélia avait repoussé la porte de la salle de bains et s'était dressée derrière, les yeux affûtés. May regardait par l'embrasure. La longue robe colorée de Gaïa venait de sortir de la bibliothèque en direction des escaliers, un papier à la main. Camélia jubilait :

« Tu as vu ?

— Oui… et ça prouve quoi ?

— Tu n'as pas vu ce qu'elle avait à la main ?

— C'était un papier… et alors ?

— Tu ne comprends rien ! Dans le placard de la bibliothèque il y a forcément des papiers importants, à ton avis pourquoi elle le referme à clef ?

— Bon, moi je vais retourner dormir… réveille-moi pour retrouver les cousins tout à l'heure ! »

Sur ces paroles, May sortit de la salle de bains et commença à dévaler les escaliers en faisant le moins de bruit possible. Nina montait.

« Vous faites quoi ici ? Je vous ai déjà dit de ne jamais monter ici, oui ou non ? Répondez-moi ! Vous avez encore foutu le bazar partout. »

Elle criait très fort en fixant Camélia. Le carrelage blanc cassé de la salle de bains était en effet constellé de traces. May regarda sous ses pieds. Il restait du sable de la veille. Camélia répondit, furieuse :

« Pourquoi tu me regardes moi quand tu cries ? T'oses pas la gronder parce qu'elle vient une fois par an, c'est tout ! »

Voyant le ton monter et les pommettes rougir, May répliqua à son tour :

« C'est ma faute, elle n'a rien fait, j'avais les pieds sales.

— Vous m'embêtez, toutes les deux : ça y est ? C'est ça que tu voulais entendre ? Allez, déguerpissez… »

May et Camélia s'étaient faufilées dans les escaliers en courant et avaient rejoint la chambre. May se rendormit immédiatement. Camélia, elle, était allongée sur le lit et se repassait la scène.

*

Ce jour-là, bien des années auparavant, Gaïa était assise sous le grand figuier lorsque quelqu'un frappa au petit portail du jardin. Le visage de Miranda apparut. Elle sanglotait. Gaïa lui fit signe d'entrer. Miranda s'assit sur l'herbe et commença immédiatement à se confier. Depuis la mort de ses parents, elle ne s'entendait plus avec son frère. Ils avaient tous les deux hérité d'une barque en bois bleue qui appartenait à leur père. À sa mort, Miranda avait proposé que son voisin, avec qui elle s'était récemment fiancée, et son frère puissent l'utiliser pour pêcher et se partager les gains. Au départ, l'affaire avait bien roulé. Mais, depuis quelques mois, son fiancé soupçonnait son frère de cacher une partie de ses revenus. Miranda avait vérifié l'information auprès de Rossio, qui vendait ses légumes au marché près de l'étal à poissons. Son fiancé était excédé. Il ne prenait plus soin de Miranda. Elle avait bien essayé d'en parler à son frère mais il niait tout. Il s'était éloigné d'eux, il les évitait. Elle avait peur que ces histoires compromettent son mariage. Miranda avait déballé tout cela d'une traite, sans reprendre son souffle. Son regard se perdit dans le jardin. Gaïa invita tranquillement Miranda à s'asseoir près d'elle. Des rayons de soleil filtrés par les grandes feuilles du figuier dansaient sur sa tunique beige. Miranda inspira longuement. La seule présence de Gaïa suffisait à l'apaiser. Sa lenteur, sa quiétude, l'odeur des plantes qui se répandait dans le jardin. Tout cela créait un univers qui la soulageait.

Gaïa commença après un long silence qui avait cédé sa place aux fauvettes. Miranda devait organiser un repas seule avec son frère. Elle lui faisait confiance, elle trouverait bien une raison pour l'inviter. Ils mangeraient, boiraient, échangeraient des souvenirs. Puis Miranda proposerait à son frère de rendre visite à leurs parents au cimetière. Miranda poussa un hoquet de surprise. De sa main, Gaïa désigna méthodiquement les rosiers plantés de chaque côté du portail du jardin. « Tu peux offrir une rose jaune à ton père et une rose blanche à ta mère, ils nous manquent. » Elle ajouta : « Une fois que vous serez tous les deux près des tombes, parle à ton frère, dis-lui ce que tu lui reproches et demande-lui de répondre en face de vos parents, il n'osera pas mentir. Ces problèmes se règlent en famille ! »

À ce moment-là, il faudrait que Miranda surveille les yeux de son frère. Alors elle saurait si elle pouvait lui faire confiance. « Si on les regarde bien, les yeux disent toujours ce que la bouche n'ose pas dire », ajouta Gaïa. Miranda haussa les sourcils. Elle se sentait épuisée à l'idée de devoir exposer ses griefs à son frère. Gaïa resta silencieuse.

Miranda comprit qu'elle l'engageait à laisser l'idée faire son chemin. Elle savait que Gaïa avait raison. Elle avait toujours raison. N'était-ce pas grâce à elle que Miranda s'était fiancée à son voisin ?

*

Jamais les adultes ne comprendront vraiment ce qui se trame dans les jeux d'enfants. Ils les revivent avec leurs yeux, tentent d'interpréter ce qui ne peut l'être, de fantasmer ce qui n'a jamais existé. Cela s'était passé en fin d'après-midi. Camélia et May avaient huit ans. Les deux cousines étaient sorties se balader avec Sarah dans la pinède avant de rejoindre leurs parents sur la plage. Au cours de leur promenade, elles avaient cueilli des fleurs pour en faire un bouquet. May avait eu l'idée de l'offrir à Gaïa. Ce jeu rendait les cousines euphoriques. Elles s'étaient mises d'accord sur les couleurs à associer, il n'y avait plus qu'à trouver les fleurs. Elles longeaient les champs, les terrains vagues et rentraient même dans les jardins privés. Cela allait vite, on arrachait une fleur, une deuxième, puis on ne pouvait plus s'arrêter. C'était la course aux fleurs les plus rares, aux formes les plus originales, aux odeurs les plus subtiles. Sarah avait la mission de porter un grand panier où May et Camélia déposaient leurs trouvailles.

May suggéra qu'elles offrent le bouquet à Gaïa le soir, en même temps qu'un cadeau qu'Elio lui avait apporté de France. Camélia acquiesça. Les trois filles rejoignirent ensuite les parents à la plage. Nina aussi était descendue, abandonnant pour une fois la cuisine pour profiter du sable chaud. Seule Gaïa était restée à la maison, elle disait qu'elle était trop fatiguée pour supporter la chaleur du soleil. Depuis quelques années, elle ne voyait plus la mer que depuis le toit. Elle y montait cependant tous les jours pour y siroter un verre. Elle grimpait à l'escalier rouillé malgré les avertissements de ses enfants.

Rassemblés sur le sable en fin de journée, ils devaient être une demi-douzaine de corps bronzés, fortement concentrés à être heureux tous ensemble. Ils se tournèrent vers Ilan. Chaque jour, il avait une nouvelle idée d'activité à leur proposer. Joueur, il disputait à Elio la place d'animateur des rondes où chacun joue un rôle écrit d'avance, sans jamais se dévoiler véritablement. Ilan retira lentement son tee-shirt et demanda à Elio de faire pareil avec un sourire malicieux. Il composa deux équipes. Chacune avait un seau et un tee-shirt. Le jeu était simple : les membres de chaque équipe devaient porter le tee-shirt à tour de rôle, plonger pour le mouiller puis essorer le tee-shirt dans le seau jusqu'à ce qu'il soit plein à ras bord. L'équipe qui remplissait le seau le plus vite avait gagné. Les membres de l'équipe perdante avaient un gage chacun. C'était la partie qu'ils préféraient tous. Les gages. Le théâtre. La plage qui devenait une grande famille.

Ils jouèrent, les uns après les autres, dansèrent, demandèrent de l'eau à côté, un morceau de pastèque à la famille voisine, se roulèrent dans le sable. Et puis, quand ils furent épuisés de se tordre de rire et que le soleil décida que lui aussi en avait assez, ils remontèrent à la maison en longeant le cimetière sans lui accorder le temps d'un regard. On célébrait la vie, plus que jamais ! Mais c'était si bien qu'il fallait que ce moment soit gâché. Il fallait provoquer le spectacle. Jamais loin, toujours prêt à poindre au moindre haussement de sourcil ou battement de cils trop rapide. Il fallait le feu d'artifice dont seule leur famille avait le secret. Le soleil en allumette qui fait monter les voix, les muscles qui s'exhibent et les mots que l'on regrette. Comme un échauffement pour la mort.

L'excuse était ridicule : un enfant s'était assis à la place d'un autre, un adulte avait levé la voix, on ne savait même plus lequel, ni sur quel ton, ni pourquoi, mais tout avait explosé, volé en des milliers d'éclats. Rita et Elio s'étaient interposés et la boucle était bouclée, la maison entière tremblait de voix d'hommes qui cherchent à mesurer leur puissance et de femmes qui gravissent les marches des aigus. Ce fut un de ces épisodes d'une grande banalité qui marqua le début de l'implication des enfants dans ces histoires de famille inextricables.

Camélia se tenait derrière sa mère et May était assise sur la banquette du grand salon. Elle tenait le bras de son père et sentait ses mains trembler. D'un coup d'un seul, Camélia courut à l'extérieur. Elle cherchait quelque chose. May la suivit sans savoir ce qu'elle préparait. Le visage de Camélia trahissait une émotion violente. En dévalant les escaliers de l'entrée de la maison, elle courut vers le panier qu'elles avaient passé la matinée à remplir. May avait mis les fleurs jaunes, violettes et blanches dans un vase pour qu'elles gardent leur fraîcheur. Le vase était posé sur un petit muret près du puits derrière la maison. Camélia avait vu May la suivre. Elle l'invitait à son propre spectacle. Elle saisit le vase, lança les fleurs dans le puits avant de regarder May avec dégoût. Les deux enfants se fixaient maintenant les yeux dans les yeux. La fureur se lisait dans les pupilles de chacune.

Plusieurs fois après cela, des disputes éclatèrent dans la maison. On s'y était fait. Gaïa calmait ses enfants, May et Camélia faisaient la paix et elles se promettaient de ne plus jamais se fâcher. Puis, le lendemain, on recommençait, comme si de rien n'était.

3

Quatre jours s'étaient écoulés depuis la mort de Gaïa. La foule s'était éparpillée, la chaleur avait disparu. Dans l'espace nu de la grande maison familiale, le carrelage diffusait une froideur glaciale. Elio était allongé sans couverture dans le grand salon. Il s'en voulait de ne pas avoir été présent pour sa mère dans les derniers instants. Nina tenait le registre de ceux qui n'avaient pas appelé. Ceux pour qui la mort n'était plus sacrée. Les grandes fenêtres en verre filtraient quelques rayons égarés par un soleil fâché. May et Sarah s'échangeaient des banalités sur les petits escaliers de l'entrée lorsque Rita pénétra dans la maison. Elle remit immédiatement la vente de la maison sur la table.

Quelques cousins éloignés d'Elio et Rita étaient encore assis dans le salon. Les repas se distribuaient à la chaîne. Deux cuisinières avaient été engagées à plein temps pour éponger la tristesse des endeuillés et l'appétit des opportunistes. Un lourd silence s'installa dans la pièce. Le soleil se retira lui aussi.

Rita, furieuse, poursuivit sa litanie. Elle prenait la famille élargie à témoin.

Elio se leva à son tour :

« Il faut que chacun de nous prenne le temps du deuil. On ne doit pas réagir à chaud. Cela prendra le temps qu'il faudra.

— Arrête avec tes formules toutes faites, j'ai besoin de cet argent pour mes projets. Pour toi, c'est une maison de vacances, pour moi c'est une maison du passé. Soit on en fait quelque chose d'autre, soit on la vend.

— Quelque chose comme quoi ? »

Rita se raidit soudainement. Elle ne s'attendait pas à ce qu'Elio écoute ce qu'elle avait à dire. Cela arrivait rarement. Elle lança une phrase au hasard, plus calmement : « Je ne sais pas, moi, une auberge, un restaurant. Vous ne voyez pas que le village se vide ? Tout le monde s'en va, ils nous rachètent des terres pour quelques pièces puis ils font des projets grandioses. On pourrait en avoir nous-mêmes, des projets, non ? »

Elio ne répondit rien. Nina s'approcha des derniers invités pour s'empresser de s'excuser. Il fallait toujours sauver la face d'abord. L'honneur restait roi. Quelques minutes plus tard, ils se rhabillèrent et quittèrent la maison, le malaise aux yeux et les messes basses à la bouche. La fureur de Rita ne s'était toujours pas apaisée, elle grandissait au fur et à mesure qu'elle énumérait les dépenses que lui imposaient ses quatre bouches à nourrir. Elle regardait Elio avec une lueur de reproche qui colorait le blanc de ses yeux de petits vaisseaux rouges. Elio était un homme plutôt conventionnel. Il avait érigé le travail et les études en valeurs suprêmes. Il s'était extirpé de cette terre pour aller vivre ailleurs, son travail lui offrait, ainsi qu'à ses enfants, le confort de vivre sans entraves. Lorsqu'il revenait à Tephles, il était accueilli en messie. Il était assez loin pour ne garder de cette maison que des souvenirs heureux.

Rita, elle, était une bonne vivante. Dans sa jeunesse, elle avait écumé tous les bars de la ville voisine, sans exception. Elle sortait tard, riait fort, fêtait tout. Elle avait rencontré son premier amour lors d'un mariage. Tout était allé très vite. Il lui avait promis de l'épouser et de l'emmener en Belgique, où il avait un projet. Un membre de sa famille lui avait proposé de travailler dans un vieux café qu'il venait d'acquérir. Il y avait tout à faire. Rita aimait les lieux de vie où pouvaient naître des rencontres, des amours, des amitiés. Elle n'avait que vingt ans mais elle était prête à partir. Sachant que ses parents n'approuveraient pas ce choix, elle s'était confiée à Elio pour obtenir son soutien. Malgré les arguments de sa sœur, Elio s'était rangé du côté des parents. Rita lui en voulut beaucoup. Depuis cet épisode, elle s'était juré de ne plus le laisser interférer dans ses décisions. Elle ne comprit jamais son choix, plus tard, d'aller vivre en France. N'était-ce pas lui qui l'avait exhortée à rester près des siens ?

Rita n'était pas comme les autres femmes. Elle voulait vivre, et vite. Ses lèvres étaient devenues brunes à force de fumer. C'était maintenant la seule chose qui trahissait sa jeunesse dissolue. Elle s'était mariée, avait élevé ses enfants. Elle maintenait sa famille par un travail acharné dont peu lui savaient gré. Surtout pas Ilan qui, contrairement à elle, n'avait jamais quitté les bars de ses vertes années.

Tous les soirs, après les veillées qui suivaient le dîner, Rita rentrait chez elle avec sa marmaille dans son appartement en ville à trente kilomètres du village. Chaque jour, à son travail, elle sentait son destin lui échapper. Elle vivait l'humiliation de n'être qu'une petite main, elle que sa mère promettait à de grandes choses. Elle avait construit sa vie avec un homme qu'elle n'avait jamais aimé. Voyant qu'elle ne parviendrait pas à convaincre Elio, Rita fit lever ses enfants et sortit de la maison familiale en fanfare.

*

Quelques années plus tôt, une grande route goudronnée était venue s'immiscer entre les petites maisons du village. Elle le découpait sans vergogne, d'une largeur bien plus grande que les petites ruelles qui s'enroulaient à l'intérieur. Entre les maisonnettes, quelques grands terrains vagues s'allongeaient encore où ils pouvaient. Il y avait, dans ce lieu, comme un air de drame. Chaque semaine des promoteurs immobiliers venaient y faire des repérages. Les mains se serraient derrière les portes, le partage des terres se tramait entre quatre murs.

Tephles disparaissait à vue d'œil. La ville avalait tout sur son passage, imposant son rythme de force. Les gens partaient, fuyaient, se convainquant qu'une autre ville ou un autre pays panseraient leurs blessures. Tout le monde se passait le mot et, chaque été, on revenait exhiber les réussites. Les belles voitures, les habits neufs, les sourires cousus sur les bouches. Tous les détails qui voulaient dire « c'est mieux ailleurs ». La mythologie était ainsi construite. Loin, on était sauvé. Le territoire seul avait la responsabilité de tout changer. Et, petit à petit, la nostalgie de la terre natale se creusait un sillon, déstabilisant les certitudes, sculptant des regrets. On taisait les blessures de part et d'autre. Celles des prisonniers de leur terre d'origine. Celles des déracinés éternellement nostalgiques.

Au milieu de Tephles, un seul café restait ouvert toute la journée sans désemplir. À l'intérieur, il y avait deux serveurs habillés comme pour les fêtes et des dizaines d'hommes à béret qui débitaient des histoires à longueur de journée. Parfois, quelques touristes ou promoteurs égarés s'y arrêtaient pour reprendre des forces. On les reconnaissait immédiatement à la grimace qu'ils faisaient en rentrant, déstabilisés par l'ambiance du café, entièrement décoré de bois et habité d'hommes aux paupières lourdes. Il leur fallait de longues minutes pour voir la complicité qui liait tous ces hommes. Il leur aurait fallu bien des heures pour voir comme ils changeaient de table, déposaient des baisers sur les fronts les uns des autres, s'échangeaient des clins d'œil à chaque nouvelle recrue qui entrait. Le peuple du café était un. Le brouhaha qu'il tissait était une unique conversation que seuls les habitués savaient déceler. Mais ce que les étrangers ne voudraient jamais voir, c'était la méfiance des hommes à béret, leurs yeux posés sur un monde en transformation. Les étrangers leur opposaient un optimisme naïf : ils n'étaient pas là pour ça, ils étaient là pour construire le futur ! Il suffisait pourtant de se plonger quelques secondes dans le regard de ces hommes pour y ressentir de la détresse. Tout leur univers flottait dans un paysage en proie à la désertification. Tous les enfants quittaient le berceau pour à peine plus de lumière, quelques lueurs en plus dans des yeux aveuglés. Qu'y avait-il de mieux ailleurs ? Beaucoup de choses apparemment. Dès qu'on y était, on s'inventait pourtant de nouveaux manques. La mélancolie se repaît de peu. Ce café, aucun des enfants de la famille n'y avait mis les pieds. Le grand-père y avait pourtant passé le plus clair de son temps. Il se réveillait aux aurores puis rejoignait le peuple du café pour parler de la pêche de la semaine, des récoltes à venir ou des secrets de famille.

*

Une semaine après la mort de Gaïa, les rondes devenaient maintenant trop pesantes pour les citadins. Il fallait rester ensemble pendant des jours, les uns sur les autres. La monotonie s'enroulait autour des phrases où les détails se taillaient la part du roi. Mariages, morts, naissances, fausses couches, c'étaient les saisons d'ici, celles que tout le monde attendait, celles qui faisaient les vies et les défaisaient. Camélia avait regagné l'appartement de ses parents en ville, elle devait reprendre son travail de surveillante scolaire. Rita revenait à la maison occasionnellement.

Elio avait, quant à lui, retardé son départ. Il se sentait

incapable de retourner en France. Sa plus jeune fille, Sarah, était rivée sur son téléphone, ses amis lui manquaient. May avait besoin de sortir. Elle s'était réveillée à 7 heures tapantes et avait pris son appareil photo en bandoulière. À la maison régnait un silence glacé. Il ne fallait pas sortir le soir, apparemment, c'était dangereux, mais personne ne pourrait l'empêcher de sortir le matin, sous la lumière nue du soleil. Elle n'avait demandé aucune permission et avait suivi le ciment du garage jusqu'à la grande grille métallique qui donnait sur la large route goudronnée. Tous les étés qu'elle avait passés dans cette maison s'étaient terminés dans la mer après un petit chemin dévalé au galop. Elle ne connaissait pas les profondeurs du village ni la route qui le découpait. Cette fois-ci, elle voulait les explorer. La grande route goudronnée était plongée dans un silence qui laissait place au murmure de la nature. On entendait des cigales et toutes sortes d'oiseaux. May la traversa rapidement pour regarder une autre maison construite sur la petite colline qui faisait face à leur garage. En la contournant, elle accéda à un petit chemin qui montait en serpentant jusqu'à une enseigne noire qui portait l'inscription « Café Miramar ». Depuis vingt-cinq ans qu'elle venait dans la maison de ses grands-parents, jamais May n'avait entendu parler de ce café. Elle passa devant en longeant les petites maisons blanches qui se dressaient derrière la colline. Le café l'intriguait. Devant les larges vitres du lieu, quatre tables métalliques étaient disposées sous un préau. Elles étaient vides. Cela étonna May mais personne ne s'asseyait dehors en pleine lumière. Le soleil ne manque qu'à ceux qui n'en ont pas. En rasant les vitres du café, May crut reconnaître un visage. Quelque chose dans ses traits lui rappelait Nina. Un regard avait transpercé la baie vitrée. Un homme, assis, seul, une liasse de journaux sur la table, le lui avait adressé avant de se replonger dans sa lecture. Elle continua de marcher. La petite rue s'agrandissait doucement. Elle atteignit la place principale du village. Il y avait un restaurant peint en bleu ciel sur lequel trônait l'écriteau : « Poisson frais tous les jours ». Elle prit une photo. Un homme était planté devant, il portait de grandes bottes et une grande glacière blanche. Il attendait visiblement qu'on lui ouvre la porte pour déposer sa marchandise mais personne ne lui répondait. Il adressa à May un regard où la lubricité se mêlait à la curiosité. Il la connaissait mais elle ne pouvait pas s'en douter. Et puis qu'est-ce qu'elle avait grandi ! La plupart des gens d'ici la connaissaient. Sa maison était l'objet des rêves et des convoitises de tous les villageois, belle, imposante, visitée les étés par des voitures de tous les pays.

En face du restaurant, une façade en verre épais aux couleurs criardes dessinait une mosaïque. C'était un vieux bar construit pour abriter les alcooliques des regards et de la lumière. La poussière et la crasse s'étaient accumulées sur sa devanture, comme une couche supplémentaire qui faisait détourner les yeux. Au-delà, la colline redescendait, laissant place à un grand terrain vague envahi de mauvaises herbes d'un vert vif vengeur. Lorsqu'on remontait à nouveau la colline suivante, plus haute encore que celle sur laquelle le village était érigé, on pouvait voir la ville au loin. Dressée sur une immense baie qu'elle étreignait de toutes ses constructions, elle semblait assise sur un tapis de mer, disciplinée et docile. May était déçue. Elle cherchait des occupations. Son esprit sans cesse sollicité par les tentations de la ville se débattait avec le silence. La seule musique qu'elle pouvait trouver dans ces lieux était celle des lamentations de sa famille. Son père avait raison, il n'y avait rien à faire ici. Elle n'appartenait pas à ce monde. Elle n'avait fait que le fantasmer d'été en été sans l'explorer réellement.

Lorsqu'elle revint à la maison vers 8 h 30, Nina virevoltait dans la petite cuisine, l'odeur du café dans les cheveux. Depuis la mort de Gaïa, elle semblait curieusement apaisée. Elle interrogea sa nièce avec tendresse :

« Tu es allée te promener dans le coin toute seule ?

— Oui.

— Personne ne t'a embêtée ?

— Non, pourquoi ?

— On ne sait jamais. »

May tira une chaise et s'assit près de Nina. Sa musique commençait dès qu'une oreille attentive s'approchait. Elle en avait rarement autour d'elle.

« Tu vois, là-bas, cette plante ? »

Nina était sortie de la cuisine et se tenait à présent face à la porte d'entrée. Son doigt pointait vers le petit espace près du figuier, grossièrement entouré de pierres peintes à la chaux. Une demi-douzaine d'arums d'Éthiopie en fleur se prélassaient sous l'arbre.

« Oui, je la vois…

— Maintenant elle est toute décimée mais, quand ta grand-mère était encore en forme, elle l'arrosait tous les jours. Elle donnait des dizaines et des dizaines de fleurs. Des lustres blancs avec un pistil jaune… et comme de la poudre. Bientôt, tout cela va disparaître.

— Pourquoi tu dis ça ?

— Tu ne vois pas comme ils s'étripent ? Ta tante veut vendre. Depuis que cette route passe si près, la maison vaut trop cher pour que ton père la lui rachète. Ils vont finir par la vendre, c'est sûr… », déclara Nina tout en allumant la gazinière.

May réalisait vaguement l'étendue du problème. Elle n'avait pas vraiment envie d'en parler. Comment les adultes pouvaient-ils réfléchir aussi vite à l'après ? Quel sens cela avait-il ? Cette conversation la mettait mal à l'aise. À l'évocation des arums de Gaïa, un souvenir avait fait irruption dans l'esprit de May.

Elle se remémorait une journée venteuse où elle était restée seule à la maison avec Nina et Gaïa. La voisine Miranda avait toqué à la porte de la maison et c'était May qui lui avait fièrement ouvert. Elle était accompagnée d'un homme qui lui ressemblait beaucoup, sans doute son frère. Ils s'assirent dans le salon et discutèrent pendant des heures. May ne comprit pas tout dans leur conversation mais elle les vit embrasser le front de sa grand-mère et lui tendre des sacs de nourriture. Nina s'était empressée de tout ranger dans la cuisine pour que les pièces à vivre n'empestent pas l'odeur du poisson. À cette époque-là, Gaïa commençait déjà à faiblir physiquement. Chaque déplacement devenait pénible. Pourtant, on ne la voyait jamais se plaindre. On remarquait simplement les changements dans ses gestes et sur son visage. Lorsque Miranda et son frère partirent, May s'approcha de sa grand-mère pour lui demander de quoi ils avaient parlé. La curiosité faisait briller ses yeux. Gaïa arborait un sourire en coin. May n'avait jamais vu une telle expression sur son visage. Gaïa avait passé sa main droite dans les cheveux de sa petite-fille en lui disant : « Je ne veux pas te charger l'esprit de ces choses-là, ma fille. Les soucis enlaidissent. » May s'était perdue dans ses pensées. « C'est la joie qui fait fleurir. »

Lorsque May revint à elle-même, Nina s'était lancée dans la préparation du déjeuner, après avoir fini celle du petit-déjeuner. May lança :

« J'ai découvert un petit restaurant de poisson dans le village. Pourquoi on n'y est jamais allés ? »

Nina fit une moue et répondit :

« On y va quand vous n'êtes pas là. Il ouvre pendant l'année pour les habitants. En été il a un autre local plus grand pour les touristes et les vacanciers, vous y avez déjà mangé, c'est sûr !

— J'aimerais bien qu'on y aille tous ensemble. Ça t'éviterait de cuisiner et ça nous changerait de la maison, elle me donne la frousse en ce moment.

— Pour te faire plaisir j'irai aussi loin que mes genoux peuvent m'emmener, ma fille… »

*

Le mari de Gaïa avait, disait-on, une cousine à la santé fragile, morte en couches en laissant une fille : Nina. On évoquait rarement cet épisode qui restait douloureux pour la famille. Nina était sur toutes les photos qui remplissaient les tiroirs de Gaïa. Son sourire espiègle surgissait des cadres maladroits. Pourtant, elle restait toujours *à côté* de la famille, comme si elle n'en faisait pas entièrement partie. On mettait sa malhabileté sociale et ses problèmes d'apprentissage sur le compte de sa légère surdité de naissance. Elle sortait peu, préférant habiter l'espace de cette maison, dont elle connaissait les moindres détails. En ronde, Nina était timide, son esprit était ailleurs. Debout, dans la minuscule cuisine sur laquelle donnait immédiatement la porte d'entrée, elle refaisait le monde avec les autres femmes. Nina lisait les traces laissées dans les ustensiles, jaugeait les appétits, remarquait la chute des cheveux, décelait les signes avant-coureurs des dépressions. Nina était restée toute sa vie dans cette grande maison près de la plage. Elle approchait la soixantaine mais elle débordait d'une énergie de vivre qu'on jalousait. Levée dès 6 heures du matin, elle arpentait la maison puis le jardin jusqu'à 21 heures ; parlant aux plantes et aux arbres fruitiers ; frottant le carrelage jusqu'à ce qu'il retrouve sa blancheur des premières années. Quand la maladie eut raison de Gaïa, Nina prit naturellement la place de maîtresse de maison. Toute l'année, elle se préparait secrètement aux étés brûlants qui remplissaient la maison d'éclats de rire. Elle congelait des plats saisonniers, stockait les citrons dans la cave, les oignons et les coings. Lorsqu'il n'y avait personne pour manger les fruits à temps, une lourde odeur de confiture envahissait la maison pendant deux jours. Ses convives auraient au moins le goût du jardin, saisi par le sucre et l'eau.

Gaïa et Nina avaient toujours eu une relation étrange. Gaïa lui avait beaucoup appris. Sa sagesse lui avait laissé des milliers de dictons qui rythmaient ses prières. Jusqu'à sa mort, elles avaient été inséparables. La maladie de Gaïa avait assagi Nina. Petite, elle pouvait se mettre dans des colères noires qui explosaient en direction de sa mère de cœur. Personne n'avait percé le mystère de ces tornades d'émotions qui naissaient d'un rien. Même révoltée, elle revenait très vite à elle. Elle avait érigé le respect des règles sociales en religion. La famille passait avant tout.

Depuis la mort de Gaïa, Nina avait été la plus discrète d'entre tous. On ne l'avait jamais vue pleurer. Des bruits avaient couru d'ailleurs. Certains la disaient insensible, une femme de marbre que l'on n'avait jamais comprise. D'autres parlaient de l'héritage de Gaïa, de la maison qu'elle aurait bien aimé récupérer. Les rumeurs grandissaient. C'était sans doute la sentence de ceux qui ne jouaient pas assez bien la comédie. La sentence de ceux qui ne rentrent pas dans les rondes. Il fallait exhiber les larmes une à une dans les salons, les laisser perler sur les cous, brillant sous les lumières des lustres en cristal. Nina avait appris de Gaïa la dignité, elle était restée à son chevet jusqu'aux derniers instants, elle savait bien plus de choses que Rita et Elio à son sujet ; elles s'étaient partagé des secrets de femmes que seuls le quotidien et les années peuvent tisser. Rita, elle, avait toujours fui cet univers féminin qui réprimait ses impulsions. Elle préférait la compagnie des hommes et la liberté du dehors. À présent, Nina s'était plongée dans un profond mutisme. La première à avoir eu de minces occasions de lui parler était May. Un jour, à l'aube, elle trouva sa tante assise dans le grand salon central, de dos, face à la baie vitrée qui donnait sur la mer. Depuis les banquettes du salon, on ne voyait pas les vagues, on ne pouvait les apercevoir que du toit à la vue panoramique. À l'horizon on distinguait le tapis de l'eau, calme et silencieuse, sans sa périphérie turbulente et vive. Dès le premier pas que May fit dans sa direction, sur la pointe des pieds, Nina se retourna en un sursaut puis laissa couler un sourire.

« Tu n'arrives pas à dormir, ma fille ? » dit-elle en passant sa main dans les cheveux de sa nièce.

May acquiesça d'un hochement de tête. Nina sortit une petite serviette de sa poche et se moucha. Pour la première fois depuis la mort de Gaïa, May vit le visage de sa tante rongé par le chagrin. Jusqu'ici, seule la mer l'avait vu.

« J'ai attrapé une sale grippe, ce n'est pas joli à voir. J'ai tout essayé pour m'en débarrasser : clous de girofle, gingembre, citron et miel… Ton père m'a demandé hier : "est-ce que tu as pris des médicaments ?" J'ai dit "non"… Il m'a répondu : "Tu verras, la grippe ne partira pas."

Alors aujourd'hui je me suis dit qu'il était temps de les prendre. »

May rit tendrement. Elles tendrement ensemble à la contemplation de la scène que bientôt elles partageraient avec une dizaine d'autres regards, dans ces rondes éternelles qui les rassemblaient sans cesse.

4

Cela s'était passé quatre ans plus tôt. Camélia était étendue dans le petit salon aux banquettes de velours lorsque le téléphone avait sonné. Elio et ses enfants arrivaient pour passer les vacances dans la maison de famille. Un été de plus à faire semblant d'être heureuse.

Comme tous les jours, Camélia avait passé quelques heures les yeux rivés sur son téléphone, en attendant que Samy lui réponde. L'application avait été actualisée plusieurs fois par minute pour vérifier s'il s'était connecté. Rien. Les heures passaient et elle se retournait sur la banquette. Quand Elio et ses enfants arrivaient, il fallait tout arrêter, tout mettre en pause pour leur donner une joie qu'elle ne savait plus exprimer. Samy lui avait tout pris. May ne pourrait jamais comprendre la difficulté de sa situation avec lui, elle était trop loin pour saisir la manière dont les choses se faisaient ici. Les codes lui échappaient. Une chose, au moins, revenait aux habitants de cette terre : eux seuls pouvaient la comprendre. Ou, en tout cas, c'était ce qu'ils revendiquaient.

Sur l'ordre de sa mère, Camélia quitta le salon pour aller se préparer. Ses longs cheveux aux boucles brillantes chatouillaient la peau brune de ses épaules. Face au miroir, elle traça deux longs traits noirs pour prolonger la ligne de ses yeux, sortit par la grande porte en bois, dévala les marches et rejoignit le vacarme de la ville. Leur appartement était dans un quartier résidentiel qui se jetait sur une grande avenue, noire de voitures à longueur de journée. En la contournant, on arrivait sur une petite colline où se trouvaient un marché, plusieurs vieux cinémas décrépis et des milliers de boutiques. Au sommet, un café surplombait toute la ville : le Café Solstice. Depuis ses hauteurs, on pouvait presque voir l'autre colline, celle où trônait la maison familiale, celle où Samy et elle s'étaient rencontrés.

Depuis un mois, elle venait au café presque tous les jours. Après sa demi-journée de travail comme surveillante scolaire, elle n'avait plus rien à faire. Rester à la maison, entre quatre murs et des cris incessants ? Plutôt mourir ! Elle venait tous les jours et elle ne remarquait presque plus rien tant elle s'était habituée au cadre et au lieu. Elle ne voyait plus le ciel, bleu comme on n'en faisait plus ailleurs, ni la mer offerte dans son étendue, ni la beauté de la terre qui affleurait à l'horizon. Tout cela, c'était son décor habituel. Qui observe encore les murs d'une maison lorsqu'il y habite ? Un café à la main, elle s'asseyait au bord de la terrasse blanche et elle écoutait les gens. C'était la meilleure occupation qu'elle ait trouvée. À sa gauche, un jeune homme prenait un café avec sa mère. Il vivait à l'étranger et venait la voir de temps en temps. Ensemble, ils se remémoraient des souvenirs du passé. Des souvenirs travestis par la distance et l'idéalisation de l'enfance. Qu'est-ce qu'on en avait écrit, chanté, raconté de foutaises sur cette période-là !

À sa droite, deux touristes parlaient de l'histoire de cette ville jadis vibrante d'art et de musique. Elles la faisaient sourire. Il n'y avait plus rien d'autre ici que des cafés et des boutiques. Mais tant mieux s'il restait encore des livres qui vendaient la nostalgie de ce qui n'était plus. Au moins, ça habillait tout ce bordel différemment, on pouvait s'attacher à des objets insignifiants, se prendre en photo avec les détails de cette ville qui avalait tout autour d'elle, comme un monstre affamé. May l'appela. Elle n'avait pas envie de répondre. L'appel qu'elle attendait, c'était celui de Samy. Elle savait pourtant qu'il ne reviendrait plus.

*

La première fois que Camélia avait vu Samy, c'était l'été de ses dix-sept ans. Comme chaque été, Gaïa invitait la famille élargie et les amis à passer les vacances au bord de la mer. En plein mois de juin, Tephles se transformait. On voyait venir des gens de tous les pays. Des enfants d'émigrés d'Angleterre, de France et de Belgique venaient passer deux mois, tous ensemble dans la grande maison entourée de rosiers. Pour l'occasion, on nettoyait le rez-de-chaussée et le premier étage et on y installait des banquettes pour que tout le monde puisse dormir. C'était simple mais accueillant et chaleureux. Tous les jours, le petit chemin qui descendait vers la mer était foulé par des dizaines de pieds de la même grande famille. En bas, sur la plage, on se faisait la bise et on riait fort. Tout le monde se connaissait. Peu importe les métiers des uns et des autres, peu importe ce qu'ils faisaient le reste de l'année. On connaissait leur prénom et on avait, avec eux, les liens de la terre et des souvenirs. On riait à longueur de journée, on dansait jusqu'à la transe, on vivait, tout simplement. On n'avait besoin de rien d'autre. La force du nombre et le soleil.

Les adultes étaient de la partie. Ils préparaient, organisaient, buvaient mais se baignaient peu. Il leur suffisait sûrement de se réchauffer au feu de la jeunesse de leurs enfants, ce prolongement nerveux qu'ils voyaient se mouvoir sur la plage. Les paris étaient ouverts en secret. Tout le monde savait que des bourgeons d'histoires d'amour se déploieraient dans l'été.

Cet été-là, une dizaine d'adolescents s'étaient regroupés pour quelques mois. Ils descendaient tous les jours à la plage, ils s'étaient fait des amis parmi les pêcheurs et les commerçants. Dans leurs sacs, des raquettes et un ballon de volley mal gonflé suffisaient à occuper leurs journées. Ils s'inventaient des jeux, les défis se lançaient à partir d'un rien. Plonger, prendre le plus de sable possible entre les mains, le voir filer entre les doigts en même temps que les jambes battent dans l'eau pour maintenir le corps à la surface. Rire bêtement du ridicule de la situation, voir les grains de sable se volatiliser en quelques secondes, comme une poudre magique, puis recommencer, comme si la fois suivante était la bonne et que l'eau avait perdu sa faculté de dispersion.

Entre Samy et Camélia, il y eut d'abord des jeux. Des jeux et des regards. Puis ils se mirent en quête d'une proximité physique de plus en plus grande. Ils exploraient des sensations. Des petits riens de chairs entrelacées qui font frémir. Des mains qui se frôlent dans l'eau de mer, des sourires si larges qu'on ne peut les contenir. Des battements de cils qui s'accélèrent comme pour découper l'image et la faire durer. Des pupilles qui se dilatent en pleine journée. Le soleil avait déposé un baiser sur leurs deux nez embrasés. La rougeur de leurs joues était un feu. May avait tout observé en silence. Les deux cousines s'étaient échangé des clins d'œil discrets. Petit à petit, leur complicité devint suspecte. Ils se regardaient rire les yeux dans les yeux, ils s'asseyaient avec tous les autres mais trahissaient leur envie d'être seuls.

On ne savait plus vraiment ce qui les avait fait accrocher, tous les deux. May dira les yeux de Samy d'un bleu rare. Sarah dira son humour, si puissant qu'il tordait le visage de Camélia et laissait voir ses dents blanches et régulières. Il y avait en tout cas dans cette configuration collective un plaisir supplémentaire à se faire discrets pour ne pas éveiller les bruits. Il fallait voler les moments d'un amour mûr, prêt à éclater. Le seul territoire qui leur permettait une intimité pleine était la nuit. C'était l'idée de

Samy, de s'y retrouver seuls. Depuis, Camélia en avait pris l'habitude.

« Une fois toutes les lumières éteintes, tu descendras le petit chemin vers la plage, je t'y attendrai. »

Il avait glissé cette phrase dans un petit papier qui avait gardé l'odeur des pépites de tournesol qu'on vendait à l'épicerie de la plage. Camélia l'avait ouvert avec un grand sourire. May dormait dans la même chambre. Elles passaient des soirées entières à parler de leurs histoires de cœur. Ce soir-là, Camélia avait besoin d'elle. Il fallait qu'elle la couvre si ses parents l'interrogeaient. Elle lui faisait confiance, « invente n'importe quoi ». May ne dormit pas. Elle était incapable d'imaginer des histoires aussi facilement que sa cousine. Elle ruminait sans cesse chaque phrase avant de la prononcer. Le matin, ne voyant pas sa cousine revenir, May avait traîné tard dans son lit, la porte fermée à double tour. Sa première idée avait été de faire comme si elles dormaient encore à poings fermés toutes les deux. Il fallait que Camélia donne rapidement un signe de vie ou les soupçons commenceraient à s'éveiller. May avait fini par se lever et prétendu que Camélia était descendue se baigner sur la plage aux aurores.

« Ça va pas ? Pourquoi elle a fait ça, descends la chercher ! » dit Rita. « C'est bizarre, je ne l'ai pas vue sortir alors que je suis debout depuis 6 heures », ajouta Nina.

À 12 heures tapantes, May vit Camélia réapparaître sur le seuil de la porte d'entrée. Elle portait les mêmes habits que la veille et avait le teint pâle. Sur son visage, la fatigue tirait le coin de ses yeux vers le bas. Silencieuse, elle traversa le salon d'un pas régulier et, sans se faire remarquer, rejoignit sa chambre à l'étage puis s'effondra sur le lit. Lorsque May la rejoignit, elle était éteinte. Ses yeux étaient creusés de larges cernes et sa peau luisait. Lorsque May la réveilla, elle laissa échapper un sourire qui voulait dire « c'était magique ». Ils s'étaient baladés en longeant la plage, il avait serré sa main dans la sienne. Ils avaient marché jusqu'aux grandes falaises qu'il faut escalader puis contourner pour arriver sur la plage suivante. Elle n'y était jamais allée. Autant d'étés passés ici et elle n'était jamais allée de l'autre côté de la falaise. De là où ils étaient, ils ne voyaient rien. Du noir partout, le bruit des vagues, l'écume blanche. « On s'est assis, on s'est pris dans les bras l'un de l'autre et puis c'est tout. » May protesta. Elle en réclamait plus !

Camélia sourit. Samy l'avait entraînée dans une petite crique où ils avaient nagé nus avec la mer et les étoiles. Au départ, elle avait hésité mais il l'avait mise au défi et elle avait cédé. Ils s'étaient jetés tous les deux comme des gamins dans l'eau salée. Elle n'avait jamais rien vécu d'aussi intense. Son visage s'obscurcit soudainement. Elle avait raconté toute cette histoire d'un air solennel que May ne lui connaissait pas. D'habitude, Camélia vivait ses aventures avec frénésie, elle mettait une énergie féroce à décrire chaque mot échangé. Cette modération sonnait étrangement.

Elle reprit. Ils étaient sous la lune, nus, à nager ensemble.

Leurs corps s'effleuraient puis se quittaient quand, soudain, elle avait senti quelque chose frôler son pied. Elle s'était figée d'un coup. C'était un corps avec de tout petits membres, comme ceux d'un nourrisson. Elle aurait pu le jurer, elle avait frôlé un corps dans l'eau.

5

Dix jours s'étaient écoulés depuis l'enterrement. L'heure du départ approchait pour Elio et ses filles. Après les adieux collectifs, toute l'assemblée serait éparpillée, la maison redeviendrait silencieuse. Aucun d'entre eux ne connaissait ce vide mieux que Nina. Dès que la famille se réunissait, Gaïa et elle avaient toujours veillé à ce qu'ils jouent tous à être heureux en même temps. Ils y arrivaient pendant une poignée de jours ou de semaines. Les douleurs se contenaient et les secrets se retenaient. Cette fois-ci, le silence serait trop lourd. Nina resterait seule dans une immense maison dont chaque détail lui évoquait un souvenir.

Pour leur tout dernier déjeuner ensemble, elle s'était surpassée. Elle avait désherbé et nettoyé une partie du jardin pour y installer la table et les chaises de la terrasse en face du grand figuier, à la lisière de géraniums vermeils. Pendant de longues heures, elle s'était affairée à préparer à manger pour Elio, Rita et leurs enfants. Debout, dans la petite cuisine, elle chantonnait parfaitement des airs dont elle ne connaissait pas les paroles. Sa voix, juste et mélodieuse, répétait les chansons mélancoliques qu'elle écoutait à la radio. Elio et ses filles étaient descendus marcher au bord de la mer. Ils étaient revenus quelques minutes avant que Rita n'arrive, à l'heure convenue, avec Ilan et ses trois enfants. Un silence glacial avait envahi la maison. Les étreintes étaient sèches. Lorsqu'ils furent tous rassemblés dans le salon, Nina sortit de la cuisine et leur désigna le jardin avec un grand sourire. Le spectacle mit Sarah en joie. Les autres suivirent sans grand enthousiasme. May et Camélia étaient assises l'une à côté de l'autre. Elles ne se parlaient pas. Nina prit la parole pour rompre le silence gênant qui s'éternisait. Depuis la mort de Gaïa, son besoin de parler avait vaincu sa timidité.

« Pourquoi vous partez tous si loin ? Cela ne vous plaît pas, ici, ce village, cette vie ? »

La question spontanée mais abrupte plongea la famille dans une profonde gêne. On n'entendait plus que les cigales et le bruit des couverts. Voyant que personne n'osait répondre, elle poursuivit :

« Qu'y a-t-il là-bas qu'il n'y a pas ici ? Tous ceux qui y vont ne reviennent plus…

— Rien de très spécial quand tu y réfléchis, tout est plus organisé, si tu tombes malade on te soigne, tu peux trouver du travail… avait répondu Elio sur un ton détaché.

— Et qu'est-ce que ça change ? Ici aussi on travaille, toute la journée on travaille. Mais on vit simplement. Et puis ça suffit.

— Tu peux faire plein de choses différentes, sortir, aller au cinéma, au restaurant… poursuivit-il.

— Et vous avez le temps de faire tout ça ?

— Oui… on essaye.

— Moi, ce que je vois, c'est que vous ne faites que courir, ils vous font trimer jusqu'au cercueil. Ici au moins on voit les choses arriver.

— Oui mais, si Gaïa avait vécu à l'étranger et qu'elle avait consulté des médecins plus régulièrement, on aurait peut-être pu la soigner à temps. » Cette dernière phrase de Rita laissa derrière elle un silence gênant. Elle n'avait rien dit du repas. Les regards s'échangèrent en un battement de cils, on attendait celui qui répondrait. Ce fut Nina, habitée d'une véhémence inconnue jusque-là, qui répondit, haletante.

« La première chose que vous vous dites en parlant de là où vous vivez c'est "on y soigne bien". Tout le monde ne cherche pas ça ! Si la mort doit arriver, il faut lui ouvrir les bras. »

Personne ne sut comment répondre et les enfants tentèrent des remarques sur la météo ou la nourriture, qui était effectivement délicieuse. Depuis la mort de Gaïa, le silence s'était taillé une place de plus en plus grande parmi eux. C'était comme un long soupir bourdonnant, lascif, charriant des questions par milliers, des regrets et de l'amertume.

*

May avait la tête contre le hublot. Elle quittait la mer. Elle quittait son étendue jaune aveuglante à force de refléter le soleil. Elle la voyait rétrécir depuis l'avion ; devenir une flaque aux bords écumeux et nerveux. Dans quelques heures elle allait retrouver des voix familières et des visages contrits par le froid et la dépression. Plus les années passaient, plus May avait l'impression que le soleil boudait son pays. Il l'avait déserté en laissant à ses habitants des concepts douteux pour lesquels se battre. Ils s'étripaient désormais pour ce qu'on appelle la pensée. Mais une pensée théorique, vide. De celles qui schématisent sans rien ressentir, de celles qui jugent les peuples à distance.

Bientôt, May fut dans un RER sur les vitres duquel des paysages morts se succédaient. La ville avait tout envahi. Depuis très longtemps. Le ciment froid et irrégulier se déposait entre des champs étendus sous un couvercle gris. Un ciel pris d'une cataracte vitreuse. Un ciel enserré d'arbres aux griffes hivernales. Parfois, May aurait voulu prendre avec elle les sensations, les odeurs, les ambiances de Tephles pour les avoir avec elle tout le temps, partout, sans arrêt. Elle aurait voulu tirer le soleil avec elle, le traîner comme un ballon de baudruche attaché à son poignet. Son père était perdu dans ses pensées. Sa mère était assise près de la fenêtre. Sarah dormait sur son épaule. Dans le wagon du RER, une vingtaine de personnes s'éparpillaient sur des carrés et des strapontins ; le regard vide, des valises entre les jambes. Nina lui avait confié un petit paquet : une boîte qui appartenait à sa grand-mère. Elle l'avait glissée dans le sac de May avant qu'elle ne parte, une fois que tous les bagages avaient été chargés dans la voiture. May avait oublié d'ouvrir le paquet, trop concentrée sur l'ultime vérification de ses effets. Dans la précipitation, elle n'avait pas même eu le temps de remercier Nina.

May ouvrit son sac à dos et sortit le paquet. Elle arracha le petit morceau de scotch et rabattit l'emballage. C'était une petite boîte en bois sculpté incrustée de nacre. Ses yeux s'embuèrent. May l'ouvrit. L'intérieur de la boîte était revêtu de feutre rouge. Dans des placards sculptés à même les murs, Gaïa entreposait des dizaines de petites boîtes de toutes sortes, bibelots, chapelets, pierres semi-précieuses, vieux portraits, bâtons d'encens. Parfois, elle sortait un objet et racontait sa provenance. May sourit. Un souvenir lui revint en mémoire. Gaïa recueillait dans cette boîte les fleurs de citronnier échouées dans le jardin. Elle choisissait minutieusement les fleurs les moins abîmées puis les entreposait dans la boîte, qu'elle déposait sur la table du salon. Petit à petit, l'odeur fraîche et poudrée du citron se répandait dans la maison. Gaïa racontait que le vent faisait tomber les fleurs les plus odorantes exprès pour cet usage. « Les arbres ne veillent pas que sur notre estomac », disait-elle en riant.

*

May avait toujours fait plus que son âge. Ses yeux tirant sur le miel trahissaient un regard profond, posé sur le monde comme un point d'interrogation. Sa peau blanche et laiteuse prenait moins le soleil qu'elle ne l'aurait voulu. À vingt-cinq ans, elle terminait un master en droit pour faire plaisir à son père. Malgré tout, rien n'était jamais assez à ses yeux. Elio était un homme nerveux. Il ressassait sans cesse les choses, trouvait rarement le repos.

Quelques années plus tôt, May s'était mise à la photographie. D'abord sur un coup de tête, puis elle avait pris quelques cours. L'appareil était vite devenu un prétexte pour s'évader seule dans les coins les plus sordides de Paris. Cela lui avait permis des rencontres inattendues et, chemin faisant, s'était révélé beaucoup plus qu'une simple lubie. Depuis quelque temps, cependant, la passion s'était éteinte de manière inexplicable. Peu après la mort de sa grand-mère, son sommeil s'était déréglé. Sa tête posée sur un oreiller faisait bourdonner son crâne de réflexions. Elle ne pouvait pas les identifier, les isoler les unes des autres. C'était comme une angoisse sourde qui la prenait jusqu'au petit matin. Au mieux, elle dormait par intervalles, au pire, elle végétait dans son lit sans jamais profiter de sa vocation première. Chaque nuit, le même scénario se reproduisait. Dès lors que les rayons de soleil se retiraient graduellement, sa mine s'obscurcissait et le stress montait. Dans son esprit, le soir annonçait une nouvelle nuit sans sommeil, comme toutes les nuits depuis la mort de Gaïa.

C'était la première fois qu'elle perdait quelqu'un de si cher. May avait grandi entourée par sa famille. Les étés passés dans la grande maison de Tephles l'avaient presque entièrement forgée. Toute l'année elle attendait ces deux mois merveilleux où elle se sentait vivre. D'un naturel réservé, May renaissait l'été. Elle avait le sentiment de faire partie d'une grande communauté qui s'étendait de la maison à la plage. Elle y avait pris ses habitudes avec Camélia, s'y promenait en saluant les pêcheurs et les épiciers. Elle s'y sentait entourée, aimée, libre, en sécurité. Chaque année, la veille du retour, c'était le grand déchirement. Chaque année, elle chargeait la voiture à contrecœur. Les bagages étaient trop remplis, May et Camélia s'étaient échangé des habits, du maquillage et des bijoux, les valises se fermaient à peine. La dernière baignade, le dernier jeu de cartes, le dernier repas, le dernier thé : ils avaient tous déjà un goût d'adieu à l'été.

« L'été est la mère des pauvres. » C'est ce que Nina disait toujours à ce moment-là. « En été, on mange aux arbres, on dort au soleil, les habits sèchent tout seuls, les articulations vont mieux. »

Chaque année avant les adieux, elle organisait le partage des figues du jardin. Elle montait sur l'arbre, pieds nus, pour attraper les figues du mois août. Des dizaines de petits doigts s'agrippaient aux branches, tâtaient la pulpe molle des fruits avant de les arracher. Le sol se couvrait de violet. On rentrait à la maison avec de la sève blanche sur les doigts et dans la bouche, ce goût sucré et granuleux qui marquait la fin de l'été.

Et puis il fallait reprendre la route, revenir quelques jours avant la rentrée scolaire, racheter des fournitures, des vêtements neufs, se préparer au grand retour. Camélia pleurait sur le seuil de la porte, elle les suivait jusqu'au garage et pleurait à chaudes larmes, un large sourire sur le visage. May, elle, attendait d'être dans la voiture, de voir les paysages défiler, d'entendre une chanson triste à la radio. Alors elle pleurait à son tour, la tête collée contre la vitre pour que personne ne la voie. La file de voitures était interminable. May regardait les plaques, tentait de reconnaître leur pays en observant les passagers. Et puis finalement elle s'assoupissait, comme sa sœur. À son réveil, il n'y avait plus de pinède sauvage, plus d'éclats de rires contagieux, plus de soleil.

Les jours passaient et le sommeil de May ne s'améliorait pas. Elle ruminait les dernières semaines, se remémorait les derniers étés, comme à la recherche d'indices. Le sommeil ne revenait pas. Aux rares moments où May commençait à s'assoupir, les mêmes images revenaient la hanter comme une obsession. Elle était à bord d'une petite barque qui se baladait en mer puis prenait le large. Elle n'avait aucune notion du temps et ne pouvait décrire précisément ce qui se passait. Il ne lui en restait qu'une forte sensation de soleil qui cuit la peau et un goût de sel sur les lèvres. L'image était de plus en plus distincte. La barque glissait à la surface de l'eau. Elle n'était pas seule. Elle était avec Gaïa et un homme. Son visage n'était pas visible. Il avait une main posée à la surface de son crâne pour se protéger du soleil. Gaïa et lui ne regardaient jamais dans sa direction. La barque se balançait légèrement. L'homme bougeait les mains, les portait au ciel puis à nouveau à son visage. Gaïa était assise, calme, imperturbable. De loin, May voyait la maison familiale sur la colline. Quelqu'un était monté sur le toit.

*

Chaque année, à l'arrivée d'Elio, les villageois se pressaient aux fenêtres. Il avait une attention pour chacun d'eux, un cadeau pour chaque membre de la famille. Tephles vibrait des voix de dizaines d'enfants qui se précipitaient autour de la voiture d'Elio. Il baissait la vitre de sa fenêtre en leur demandant de s'éparpiller pour qu'il puisse se garer. Ils s'étreignaient, se serraient dans les bras des uns et des autres, s'embrassaient en faisant des bruits forts. La distance leur donnait le temps d'apprécier les changements les plus infimes, ceux qu'on ne remarque pas à force de vivre ensemble. La distance avait cette vertu. Untel avait grandi, un autre avait pris une voix d'homme. Ils se regardaient avec des yeux qui voulaient tout capter, manger leurs interlocuteurs, les apprécier en entier. Chaque année, ils étaient une petite quinzaine mais ils faisaient un vacarme monstre. La fête se poursuivait à l'intérieur. Au fil des jours, les plus muets se décrispaient, la timidité s'effaçait, les membres se décontractaient.

Elio avait la capacité de rassembler autour de lui, non seulement la famille mais toute une partie du village. Durant les deux mois qu'il passait à la maison, des villageois se succédaient pour lui demander conseil, au sujet de leurs terres ou leurs enfants, qui, pour la plupart, voulaient quitter Tephles. May avait toujours été fascinée par ces rondes qui duraient des journées entières. Les jours venteux, on passait des heures ensemble, sur les banquettes, à se raconter des histoires et des blagues. Elle observait silencieusement le théâtre des attroupements. Ici on ne parlait pas de travail ou de politique. Non, tout cela paraissait futile. À Tephles, on vivait, tout simplement. Et puis, dès les premières éclaircies d'un été plus franc, Elio préparait sa bonne humeur, pressé d'aller voir la mer qu'il attendait toute l'année. Rita et Ilan traînaient encore les pieds, les enfants jouaient dans le jardin. Gaïa disait « la mer ne s'enfuit pas, elle nous attend, on mange d'abord ». Et alors Elio riait. Il se rasseyait sur la banquette et se détendait, oubliait son travail, oubliait ses problèmes, retournait en enfance.

Depuis son départ en France, la venue d'Elio avait été élevée au rang d'événement de haute importance, au grand dam de Rita. C'était sans doute le privilège de ceux qui vivent loin ou peut-être simplement des hommes. Dix jours après ce dimanche noir où Gaïa les avait quittés, Elio était parti et les réunions s'étaient suspendues. Rita était rentrée en ville, rejoignant tous les soirs son appartement vide. Son visage était contracté par la colère, lèvres pincées, regard fixe. Malgré la rondeur de son corps, Rita conservait une beauté indemne. La ligne de son front à son menton était parfaite. Elle avait un nez droit, une peau veloutée que les rides marquaient peu. Le soir du départ d'Elio, Rita regagna la cuisine pour préparer le dîner. Elle coupa les légumes et la viande avec précision et lança la cocotte-minute. Lorsque Ilan rentra, sur les coups de 21 heures, elle fulminait. Il s'assit dans le salon, se resservit un verre et lui demanda d'une voix pâteuse :

« Ça va ? Qu'est-ce que tu as ? »

Rita resta silencieuse, elle semblait si concentrée qu'elle n'avait pas même remarqué qu'Ilan lui parlait. Il était dans l'axe de la porte de la cuisine. Rita se tenait en tablier, un couteau à la main, la cocotte-minute sifflait derrière elle.

« Je te parle, ça va ?

— Oui…

— Tu m'as l'air bien pensive, qu'est-ce qu'il y a ? Où sont les enfants ?

— Je les ai envoyés faire un tour dans le quartier. J'avais besoin de te parler… Ils n'ont pas voulu discuter de la maison. Tout le monde a évité le sujet. Nina la première, bien sûr. Elio est parti aujourd'hui, c'est foutu, ça va traîner. Il faut qu'on trouve une autre solution… »

Soudain, Ilan changea de ton. La voix molle qui lui avait posé les premières questions devint grave, avec des accents de reproche.

« Mais comment c'est possible ? Ils vont faire quoi d'une aussi grande maison ?

— J'ai essayé de leur parler de mes projets… et rien. Je ne sais pas, c'est peut-être trop tôt…

— Trop tôt ? Ne me dis pas que toi aussi tu regrettes d'en avoir parlé. Tu n'as pas su aborder le sujet, voilà tout. Et puis, si tu leur as sorti tes idées farfelues de restaurant, de café ou je ne sais pas quoi, c'est normal qu'ils ne t'aient pas écoutée…

— T'avais qu'à le faire à ma place ! dit-elle en perdant patience, son front luisant faisait ressortir une veine gonflée. J'ai cru que j'étais mariée à un homme… À la place j'ai une femmelette alcoolique à la maison. Je m'occupe de tout dans cet appartement, de la cuisine aux devoirs en passant par les factures. Et toi, qu'est-ce que tu fais à part amuser la galerie ? Tu pourrais au moins faire travailler tes fils, leur trouver un truc à faire, ils rôdent entre mes pattes toute la journée à rien faire… »

Rita s'assit. Elle était fatiguée. Elle se sentait encerclée de toutes parts, si oppressée que le deuil n'avait pas pu trouver une place dans son esprit.

Ilan retrouva sa voix pâteuse et quitta la pièce en marmonnant. Depuis que ses enfants avaient grandi, il restait placide et mou en toutes circonstances. L'essentiel de son rôle avait été rempli. Il ne faisait plus rien avec eux. Il se traînait de jour en jour et de bar en bar.

« Cette maison ne m'appartient pas, après tout, débrouille-toi avec ta famille. »

Rita se tenait prête à répondre. Elle était toujours au même endroit, agitant dangereusement le couteau qu'elle avait gardé dans sa main droite. Leur conversation ne s'arrêta que lorsque Camélia vint frapper à la porte et qu'il fallut lui ouvrir. Elle avait tout entendu. Pour la première fois, Camélia voyait le couple maladroit formé par ses parents d'un œil extérieur. Elle tomba dans les bras de Rita. Elle était désolée qu'elle ait à vivre tout cela. Elle l'aimait plus que tout.

II

SOLEIL

6

Tout se passa plus rapidement que prévu. En quelques semaines, Elio et Rita s'accordèrent sur la vente de la maison et May décida d'y passer quelques mois avant de la quitter à jamais. Le psychiatre que May avait consulté sans en parler à ses parents lui avait recommandé un repos prolongé et la recherche de stabilité émotionnelle. Il avait demandé à May d'une voix suave et posée qui la mettait mal à l'aise : « Décrivez-moi un endroit où vous vous sentez "chez vous"… »

Cette question l'avait déstabilisée. Elle avait sondé sa mémoire à la recherche d'un souvenir qui lui rappelait cette sensation. Se sentir chez soi. Elle lui en avait demandé une définition. Il avait expliqué que c'était « un endroit que l'on arrive à situer géographiquement et dans lequel on ressent un certain calme ». Elle avait demandé ce qu'il entendait par « géographiquement » et quelle en était l'échelle. Il lui avait retourné un sourire. Il fallait répondre ce qu'elle avait sur le cœur et cesser de se torturer. Elle avait alors laissé échapper un long soupir et prononcé quelques mots hésitants avant que la parole ne se libère :

« Quand je suis dans la maison de ma grand-mère, il y a une sorte de paix en moi, je m'y sens bien. Je ne dirais pas que je me sens chez moi car tout m'y est étranger, mais je suis à l'aise. Il y a toujours plein de monde, c'est le défilé. Les gens sont prêts à aider, on partage tout…

« À Paris, c'est différent. Mes parents se disputent. L'appartement est petit. Parfois je m'assois sur les marches du métro et je regarde les gens passer. Je vois leurs visages gris, leurs cernes, et leur fatigue m'atteint. Cela me rend triste. Je n'ai jamais su pourquoi ces choses-là pouvaient autant m'affecter.

— Ce ne seraient pas vos propres émotions que vous projetez sur le monde ?

— J'ai l'impression que c'est le contraire. Je suis trop sensible aux univers que je traverse, depuis très petite. Les lieux et les gens me transmettent leur tristesse ou leur joie. Je peux passer une journée entière à être la plus heureuse du monde avant de me sentir totalement abattue par un regard mauvais ou le ton à peine blessant d'une phrase.

— C'est ce qu'on appelle la labilité émotionnelle. Cela veut dire que vos manifestations émotionnelles sont très variables et qu'elles peuvent osciller rapidement entre des débordements de joie et des décharges de colère ou de larmes. Ce n'est rien de grave mais il faut que vous appreniez à contrôler ces émotions.

— Il m'arrive d'avoir des moments de grande mélancolie. J'ai beaucoup de mal à dormir et, quand j'y arrive, mes rêves m'emmènent au même endroit... dans la maison familiale...

— Pourriez-vous dater les moments les plus récents ?

— Quand j'étais dans la maison de ma grand-mère en octobre justement.

— Pourriez-vous me décrire cela avec plus de détails ?

— Je n'arrive pas à mettre de mots exacts sur mon émotion. J'avais l'impression de voir ma famille avec des yeux d'adulte. Des yeux froids et résignés. J'avais l'impression de ne pas avoir assez d'éléments pour comprendre ma propre famille, je percevais des tensions que je n'avais jamais vues... ou voulu voir...

— Et il y a eu un événement en particulier qui a modifié votre rapport à la famille ?

— Oui... ma grand-mère est décédée.

— Mes condoléances, dit-il, toujours du même ton, neutre et prudent, jamais trop empathique. Mais malgré tout, cette maison reste le lieu où vous vous sentez chez vous ?

— Oui, pas uniquement la maison mais mon village en entier. C'est assez étrange car, la dernière fois que j'y suis allée, je ne le reconnaissais plus. Comme si j'y découvrais une histoire que je n'avais jamais connue. Je me suis sentie... trahie. Certains détails m'ont troublée.

— Je vois. Il me semble que vous avez une blessure à panser en lien avec cet endroit. Qu'est-ce qui vous empêche d'y aller ?

— Je n'y suis jamais allée seule. »

Voyant le regard de May soudainement perdu dans les feuilles sur son bureau, le psychiatre mit un terme à la consultation et lui prescrivit des hypnotiques pour réguler son sommeil. Avant lui, personne ne s'était rendu compte de l'importance qu'avait Tephles pour May. Surtout pas Sarah. C'était elle qui avait convaincu ses parents de partir en Suède et en Croatie les deux étés précédents. Elle s'ennuyait beaucoup au village, elle n'avait pas de cousins de son âge et tous ses amis étaient en France. Pour May, Tephles n'était pas uniquement le village de ses étés. C'était là-bas qu'elle s'était construite. C'était de là-bas qu'elle puisait ses souvenirs les plus forts. C'était de là-bas qu'elle puisait sa différence.

*

La nostalgie et le deuil poussèrent May à revenir dans la maison. Elle sentit le soleil lui caresser le visage. Il faisait beau et chaud en plein mois de novembre. À peine réveillée, elle s'allongea sur le lit de la grande chambre du premier étage. Celle-ci donnait sur un large balcon. Elle ouvrit les portes-fenêtres. Des pigeons grignotaient les tôles du toit de la maison d'en face, vieille et décrépie. Tout était comme avant ou presque. La grande maison était envahie d'un silence de mort. Pas un éclat de rire pour sonner le début de l'été ni d'enfants qui courent dans les couloirs. May était venue chercher le sommeil ici. Elle espérait faire renaître le souvenir d'une époque révolue, celle de sa grand-mère mais aussi celle de son enfance. Ce fut sa première nuit de sommeil complète depuis un mois. Elle n'avait pas soupçonné la portée de ce retour. Elle s'était toujours sentie étrangère sur cette terre qui l'accueillait pour une saison, jamais plus, jamais moins. Tous les étés qu'elle y avait passés, on avait raillé sa langue imparfaite et trébuchante. Les gens du village prétendaient que jamais elle ne comprendrait cette terre qui les faisait tous souffrir mais qui les retenait par un curieux mystère. Tous témoignaient de leur difficulté à vivre ici. Souvent, elle avait eu envie de leur demander « Mais pourquoi ne partez-vous pas, alors ? », comme si c'était aussi simple pour eux que pour elle, comme si son extrême mobilité, celle qui lui donnait la liberté de traverser si facilement des pays, mais qui finissait par la rendre malheureuse, était une tare qu'elle devait absolument partager avec d'autres. Pourtant, si elle détestait cette mobilité, certains n'y avaient tout simplement pas droit. Ils étaient prisonniers d'un territoire et personne ne pouvait comprendre leur douleur. Son malheur à elle était autre : il était né du déchirement, de la comparaison perpétuelle entre deux manières de vivre, de rire, boire, danser, mourir. Chaque expérience ne pouvait être vécue qu'à moitié car elle n'était que le pâle reflet d'une autre.

May avait longuement argumenté son besoin de partir. Son père ne semblait pas comprendre. Il aurait préféré que ses filles se contentent du fantasme qu'il leur avait transmis, qu'elles le consomment à distance, à petite dose, n'en retenant que l'éclat. Il leur avait fait goûter un peu de son enfance chaque été depuis leur naissance. Les conséquences ne lui appartenaient plus. Les cernes de May parlaient pour elle. Elle avait fini par montrer l'attestation du psychiatre. Il lui avait prescrit des hypnotiques et lui avait recommandé un endroit calme et reposant. Pour May, un seul lieu correspondait à ces mots.

Gaïa les avait quittés en plein mois d'octobre. May avait réussi à arracher l'accord de ses parents pour passer quatre mois dans la maison, de novembre à février, avant ses examens. La maison serait probablement vendue en février ou mars. Ainsi, elle quitterait aussi l'hiver ingrat de Paris.

Au fond, son père était fier. Il avait rempli son devoir de transmission. Il redoutait cependant ce que May allait découvrir en restant longtemps au village. Sa mère, elle, ne la comprenait pas. Elle n'aimait pas tellement ces vacances fleuves dans la maison de ses beaux-parents. Elle avait sans cesse besoin d'activité, de nouveauté. L'infinie quiétude de la mer l'angoissait.

May réapprenait doucement à apprivoiser le temps. Elle le laissait s'étirer lentement, détendre un à un les muscles de son corps. À défaut d'aller nager – car l'eau était trop froide – elle passait de longues heures dans une petite baignoire. L'eau coulait. Sa nudité s'offrait à la petite salle de bains bariolée de soleil. Les yeux fermés. Des souvenirs. Froide puis chaude. Capricieuse. Il fallait sans cesse la réguler. La chaleur ne durait jamais longtemps. La faute au vieux système de chauffage. Enfant, le bain après la mer se faisait à l'extérieur de la grande maison, sur le gazon.

L'eau n'était ni chaude ni froide. À température ambiante. Ils n'avaient pas le choix. Un souvenir refit surface. May et Camélia avaient arraché les petites fleurs blanches du jasmin de nuit, elles trépignaient de joie en les frottant contre leurs mains avant de les sentir. Les deux cousines avaient huit ans. Elles s'étaient cachées derrière un tronc d'arbre à l'approche de Nina. Elle leur avait formellement interdit d'arracher les plantes.

Amusées par l'indiscrétion de leurs bêtises, les deux jeunes filles se répandaient en un rire contagieux. Nina était folle de rage. Sa colère était prête à exploser, charriant des milliers de petites blessures. C'était elle qui soignait tous les jours ces belles plantes odorantes. C'était elle qui les arrosait des larmes de sa solitude. Des grains de sable sur tout le corps, les gamines traînaient dans la maison et en répandaient partout derrière elles. Nina tirait alors les deux petites pestes dans le jardin puis sortait le tuyau d'arrosage. En maillot de bain sur l'herbe, May et Camélia hurlaient chaque fois que le jet d'eau touchait la surface de leurs peaux épaissies par le soleil. Elles tapaient des pieds, couraient, sautillaient pendant que Nina s'évertuait à viser leurs petits corps d'enfants espiègles. Une fois lavées et séchées, elles avaient enfin gagné le droit de rentrer dans la maison. Des petits gâteaux sablés les attendaient sur la table ronde où les adultes étaient déjà rassemblés. Dans le grand salon avec ses canapés disposés contre les quatre murs de la pièce ouverte, les conversations évoluaient dans un brouhaha heureux. May ouvrit les yeux sur la fenêtre de la salle de bains. Tout cela lui semblait à présent d'une autre époque. Deux années avaient suffi à tout faire basculer.

*

Nina venait de déposer un plateau avec une citronnade, du café et des gâteaux sur la grande table circulaire du salon. Un silence inondait la pièce. Depuis son arrivée, May n'avait pas fait grand-chose. Elle traînait dans la maison en regardant les objets d'un œil nouveau. Elle lisait, pianotait sur son téléphone et s'assoupissait à toute heure de la journée. Ses traits s'étaient adoucis. Elle avait réussi à retrouver un sommeil qui réparait la fatigue des dernières semaines. Nina était silencieuse. May réalisait qu'elle avait rarement eu de moment seule à seule avec sa tante, mais surtout qu'elle ne lui avait jamais posé de questions. Elle avait toujours cru qu'elle comprenait l'univers de Nina.

May s'assit près de sa tante pour la questionner. La décision de la vente l'avait attristée. Sa vie était enterrée à chaque coin du jardin. Les gens d'aujourd'hui changeaient d'appartement comme de vêtements. Elle regrettait leur manie du mouvement. On pouvait trouver la nouveauté sans bouger, pourtant. Le quotidien aussi apportait son lot de surprises. May était pensive. Nina poursuivit sans attendre de nouvelle question. Elle avait le cœur gros. Avec la route qui passait si près, la maison avait pris de la valeur. Elle était au-dessus de leurs moyens. Ils avaient cédé aux demandes de Rita. Tout s'était fait très vite. Nina porta le verre de jus à sa bouche puis poursuivit en rassemblant son courage. Avec le temps, la relation entre Rita et Elio s'était beaucoup dégradée. Rita n'avait jamais pardonné à sa famille le rejet de l'homme qu'elle avait aimé. Elle disait qu'elle n'avait pas besoin de faire d'études, qu'elle travaillerait n'importe où. Avant de rencontrer Ilan, elle avait fugué plusieurs fois. Elle n'en faisait qu'à sa tête. Les jeunes femmes de cette époque n'agissaient pas ainsi... Pas comme maintenant. Les filles d'aujourd'hui font tout et n'importe quoi. Les filles de l'apocalypse.

Malgré tout, Gaïa avait maintenu une entente. Lorsqu'elle était là, Rita contenait sa colère. Mais, depuis quelques années, elle s'impatientait. Elle se plaignait de payer autant qu'Elio pour l'entretien de la maison. Elle disait qu'il gagnait plus qu'elle, qu'il n'avait qu'à contribuer proportionnellement. Puis, petit à petit, le mot héritage était entré dans les conversations, avant de s'installer dans la durée. Nina avait sa petite idée. Rita voulait acquérir un lieu qu'elle puisse gérer elle-même. Tout ça pour faire travailler ses enfants... et s'éloigner de ce bougre d'Ilan.

Nina vida son verre. Elle se tourna vers May avec un grand sourire incongru. « Tu veux avoir des enfants ? » lui demanda-t-elle. Ses grandes dents irrégulières brillaient sous la lumière de la pièce. Cette question sonnait étrangement dans la conversation. May répondit évasivement. « Peut-être, mais vraiment pas maintenant. » Puis Nina poursuivit, comme si la réponse lui importait peu. « Moi je ne les aime pas. Je n'aime pas les enfants. »

*

Trois jours à peine après son arrivée, May s'ennuyait déjà, la saison ne permettait pas d'aller se baigner. Elle restait toute la journée en compagnie de Nina, qui rangeait la maison, préparait les repas puis attendait que le jour suivant se lève. Elle s'était mise à lire comme elle ne l'avait plus fait depuis des années. Au deuxième étage inhabité, il y avait une petite pièce rectangulaire avec une bibliothèque fixée au mur et deux natures mortes encadrées. Autrefois, Gaïa y passait le plus clair de son temps. Les quatre étagères mal rangées s'étendaient sur toute la longueur de la pièce. Il y avait de tout : vieux livres, livres plus récents, livres religieux, cahiers, albums photos… Des centaines d'ouvrages s'étaient accumulés là depuis des années. Certains avaient appartenu aux grands-parents de May, d'autres à leurs enfants. Les livres disparaissaient et réapparaissaient, prêtés aux uns et aux autres. Depuis quelques années, une couche de poussière s'était déposée sur les livres rescapés qui avaient survécu aux multiples échanges. Personne ne semblait vraiment s'y intéresser. Les meilleurs n'étaient sans doute plus là, pensaient les uns et les autres. May n'avait jamais pris le temps d'arpenter cette pièce auparavant. Elle se plongea dans la lecture de *L'été*, de Camus. Ce livre l'absorbait. Il offrait une succession d'images, un entremêlement de sensations de l'été méditerranéen qui sonnaient avec une grande justesse. May passa bientôt des journées entières accroupie à même le sol dans cette petite chambre où elle redécouvrait la lecture. De ses doigts, elle arpenta toutes les reliures des livres dont les titres lui semblaient familiers. Au fil de ses découvertes, May se prit d'intérêt pour les vieux cahiers d'école qui traînaient. Elle s'amusait de l'écriture de son père, hésitante et ronde, souriait à la lecture de ses rédactions. Elle ouvrit de vieux albums. Les larmes la gagnèrent. À la vue d'une photo de Gaïa, un livre à la main, un souvenir lui revint soudain. Elle se revoyait avec Camélia dans la salle de bains, elle revoyait sa grand-mère qui sortait de la bibliothèque. Ses manies d'enfant lui revinrent. Elle se mit à arpenter la pièce d'encore plus près, elle cherchait les indices, voulait faire parler les murs. May s'imaginait trouver quelque chose qui l'aide à comprendre sa grand-mère. Quelque chose qui la fasse aller au-delà de ce qu'elle connaissait d'elle. Elle tenta, en vain, d'ouvrir les battants du placard qui se trouvait à l'extrémité de la pièce, chercha la clef entre les livres puis se décida à sortir, un par un, les livres de la bibliothèque, comme à la recherche de quelque chose qui lui aurait échappé. C'est en retirant Baricco, Mernissi, Céline, Choukri, Yacine et Camus de l'étagère sur laquelle ils étaient endormis qu'elle trouva un vieux carnet en cuir brun. Il était de la taille d'une demi-feuille, petit et léger, fermé par un simple élastique.

*

Aujourd'hui je me suis réveillée sous un ciel bleu comme la flamme des cuisinières. J'ai couru de sa maison à la nôtre au petit matin. Avec lui je me sens vivre.

Les deux premières lignes annonçaient le ton. L'écriture était fine et régulière, les lignes menues et factuelles, rien n'était précisément daté et, par endroits, l'encre n'était plus tout à fait lisible. Dès les premières pages May ressentit une étonnante familiarité. Il y avait quelque chose d'authentique et d'incisif dans l'écriture. Ce journal intime appartenait à un membre de sa famille, cela ne faisait aucun doute. Ce malaise lui fit d'abord rabattre la couverture en cuir sur les fines pages blanches. Pourtant, une irrésistible curiosité la poussa très vite à s'y replonger. May découvrit la vie d'une femme qui repoussait ses limites. La narratrice racontait ses histoires d'amour, son ennui, ses peurs.

Aucun repère géographique ne figurait dans le carnet. Il fallait quand même rester prudent. L'intimité des mots ne suffisait pas.

Septembre

Et, pour écrire tout cela, il faudra voler le temps, l'arracher aux rondes, aux confidences incessantes d'existences livrées à l'ennui. Il faudra apprendre à se faire oublier, à observer patiemment au milieu des autres. Il faudra cultiver les regards de biais, les sourcils levés, les clins d'œil rusés. Il faudra montrer qu'on a compris, qu'on sait le jeu hypocrite auquel ils jouent tous, combattre la nature profonde qui t'agite. Cette sensibilité dont tu ne sais pas quoi faire. Il faudra accepter qu'elle resurgisse et qu'elle te fasse hausser la voix, méchante et vengeresse, comme on ne t'avait jamais vue auparavant. Tout cela, tu le feras sans même t'en rendre compte, avec un naturel que toi-même ne pourras expliquer. Les gens autour de toi s'en étonneront. Tu leur diras : J'ai vécu la déception, il n'y a pas de meilleure école. Tu auras envie de leur gueuler à pleine voix la vérité : J'ai abandonné cet enfant, et alors ? C'était lui ou moi. Et puis tu te raviseras, tu penseras aux souvenirs partagés. Tu penseras à cette maison qui t'a forgée tout entière. Il y aura une mélodie de boîte à musique qui tourne en boucle, jusqu'à l'obsession sociale suivante, les dizaines d'histoires qui nourrissent les journées vides d'esprits si petits. Alors une seule personne te viendra à l'esprit. Elle seule sait résoudre ce genre de situations. Elle seule a la patience de s'arrêter pour comprendre, disposer les informations comme des cartes tirées par le destin. Elle te dirigera vers cette femme qui a grandi au village. Infertile, prête à recueillir ce bébé, à l'aimer, à le prendre dans ses bras même si ce n'est pas le sien. Alors que toi, tu rêves encore de liberté, d'une vie trépidante et animée.

May relut plusieurs fois ce passage avec un mélange d'effroi et d'excitation. Une forte intuition avait guidé May jusqu'ici. La mort de sa grand-mère avait jeté un froid dans la maison. Les langues étaient restées nouées sur des vérités secrètes.

Elle n'avait pas osé y croire mais elle en était maintenant certaine : ce carnet était à Camélia. Son écriture, fine et penchée, son ton désinvolte et blessé. C'était Camélia. Jamais May n'avait soupçonné que sa cousine entretenait un quelconque rapport à l'écriture. Toutes ces années qu'elles avaient passées ensemble, tous ces étés qu'elles avaient partagés lui paraissaient à présent extrêmement superficiels. Sa cousine avait eu un enfant sans rien lui dire. Elle l'avait sans doute caché à ses parents également. Comment était-ce possible ? Auprès de qui avait-elle cherché de l'aide ? À quoi ressemblait cet enfant ? Comment s'appelait-il ? Quel âge avait-il ? Qui était son père ? Cela ne pouvait être que Samy. May sortit brusquement de la petite pièce au deuxième étage dans laquelle elle avait passé plusieurs jours à lire sans relâche. May retournait ses pensées dans tous les sens. Ses souvenirs se déroulaient dans son esprit. Elle y cherchait les failles, les indices latents d'une vérité qui lui avait échappé. May réalisait soudainement la portée de son retour. Tephles n'était pas une géographie. Tephles était son enfance. Elle était revenue chercher quelque chose qui n'existait plus et qui n'existerait plus jamais. Elle avait voulu retrouver des parfums, des odeurs, des bruits qui faisaient partie du passé et non d'un quelconque lieu. Elle aurait voulu renouer avec Camélia mais elle ne savait pas comment s'y prendre. Trop de choses les séparaient à présent. Deux ans avaient suffi à rompre ce qu'elles avaient partagé depuis des années. May revoyait le film de cette vie dont elle n'avait toujours perçu que des photos successives. C'était effrayant. Une sensation de brûlure lui traversait le ventre. Elle avait espéré qu'il ne soit pas trop tard, qu'il suffise d'une étreinte pour que les sentiments renaissent, aussi purs qu'avant. N'est-ce pas ce qu'on attend d'une famille ?

*

Le matin s'était enfin levé, la petite fenêtre de la chambre de May donnait sur une maison qui tombait en ruine. Enfant, elle s'était habituée à épier la vieille femme qui y vivait et passait son temps à sa terrasse. Un ordre de démolition et de reconstruction était placardé sur le petit portail d'entrée. May jeta un coup d'œil au-dehors pour apprécier le ciel sous lequel elle passerait cette journée. Il était d'un bleu clair dilué par la blancheur des nuages. Lorsqu'elle descendit dans la cuisine, Nina était déjà assise à table avec un verre de thé. À voir son regard déterminé, on aurait dit qu'elle l'attendait.

Nina s'approcha du visage de May et rabattit, de ses doigts, la paupière inférieure de son œil gauche pour regarder à l'intérieur. La muqueuse était rose clair. Nina lui jeta un regard réprobateur. Elle ne mangeait pas assez de viande. May était ailleurs, elle hocha la tête pour signifier qu'elle avait compris. Elle avait développé une capacité à répondre laconiquement à tous les conseils nutritifs, moraux ou religieux que lui prodiguait Nina à longueur de journée. Pour Nina, cela suffisait, ses messages étaient passés. Sa sagesse était transmise. Oralement, comme elle savait le faire. May rassembla ses mots. Elle avait trouvé un carnet dans la maison, au deuxième étage. Nina se crispa à cette annonce. Son visage dévoilait une peur sourde, jamais May ne l'avait vue ainsi. Nina but une gorgée de thé, le sucre dilué dans l'eau fondait sur sa langue sans la désaltérer. Elle semblait entièrement concentrée sur cette activité. May poursuivit. C'était le carnet de Camélia. Elle en était sûre.

Nina restait silencieuse. Elle n'était jamais allée à l'école, elle ne savait ni lire ni écrire. Ce carnet lui avait totalement échappé. Elle qui rangeait si consciencieusement tout dans cette maison craignait ce que pouvaient révéler ces quelques mots griffonnés par Camélia. Nina demanda de quoi parlait ce carnet. Son visage trahissait ses pensées. Après une légère hésitation, May parla de l'enfant de Camélia et Samy. Au fur et à mesure qu'elle évoquait les faits, Nina se livra. Elle raconta la suite. L'accouchement au village. La famille d'accueil. Gaïa s'en était occupée. Nina avait un regard inhabituel, comme habité d'une lueur de regret. Elle ajouta, d'une petite voix, comme pour elle-même : « Tu ne devrais pas fouiller ces choses, ma fille, c'est comme fouiller des cadavres… Tu devrais en parler à ta cousine directement, vous avez grandi ensemble ! »

May resta pensive. Elle regardait différemment sa tante. Elle avait vieilli, sur son visage se tressaient des centaines de petites rides qui lui déformaient la peau. Ses yeux étaient ouverts, hagards, encerclés de ridules. Lorsqu'elle souriait ses traits s'animaient d'une vigueur pleine de jeunesse. À présent, elle ne souriait pas. Sur son visage s'était peinte l'expression solennelle du repentir.

*

May était allongée sous le figuier, un livre entre les mains. Elle le reposa sur l'herbe fraîche. Elle était incapable de se concentrer. Ces découvertes la perturbaient. Elle avait besoin d'entrer en contact avec Camélia, d'entendre sa voix, de la serrer dans ses bras, de vérifier qu'elle l'aimait toujours. Mais quelque chose la retenait. Elle avait peur de ce qu'elle découvrirait. Depuis la mort de Gaïa, Elio et Rita ne se parlaient plus que pour les tâches administratives. Elio en était devenu malade. Il ruminait. Il s'était confié à Nina par téléphone devant May, avait cherché le réconfort d'un autre point de vue. Dans ses accès de colère, Rita disait qu'elle n'avait jamais été encouragée par son grand frère, que cette famille ne lui avait jamais donné sa chance. Elle disait qu'Elio avait toujours réussi à imposer ses projets à leurs parents. Les choix de Rita, eux, n'avaient jamais été acceptés. May avait entendu tout cela de la bouche de son père et de sa tante. Plus elle en apprenait, plus le fossé entre elle et Camélia se creusait. Elle chercha son téléphone dans l'herbe, s'en saisit et commença à écrire un message à sa cousine.

Elle soupira. Elle était perdue. Comment Camélia allait-elle réagir si elle apprenait qu'elle avait lu son carnet ? Et si elle ne parvenait pas à lui cacher ce qu'elle savait ?

Camélia avait toujours été redoutable pour lire les expressions sur son visage. Elle la démasquait immédiatement lorsqu'elle mentait. May n'était pas prête. Elle reposa son téléphone et reprit son livre. Nina l'appela. C'était l'heure de manger.

7

Camélia se tenait dans l'embrasure de la porte d'une petite chambre rectangulaire. Sa fille de trois ans dormait à poings fermés. La maman adoptive l'invita à s'asseoir à la table collée au petit lit. Camélia avançait sur la pointe des pieds pour ne pas réveiller la petite Leila.

— Elle va bien ?

— Oui elle a eu une infection la semaine dernière, elle toussait beaucoup. Maintenant ça va mieux…

— Tant mieux.

Camélia était gênée, elle qui était volubile en toutes circonstances semblait à court de mots.

— Et toi, tu vas bien ?

— On va vendre la maison familiale.

— Quoi ? Cette si belle maison dans laquelle…

— Oui, répondit Camélia en la coupant net.

— C'est tellement dommage. Votre maison nous a toujours fait rêver. Allez, je peux maintenant… En été on regardait par la serrure pour savoir qui était là. Entre nous, on s'amusait à parier sur qui viendrait à quel moment…

Elle laissa échapper un rire gêné puis poursuivit :

— Avec mon mari, on cherche justement à acheter une maison un peu plus grande que celle-ci. Il vient d'obtenir un poste dans la ville. On va enfin avoir de quoi se la payer.

Le visage de Camélia s'obscurcit. Elle l'écoutait à moitié. Elle était replongée dans le souvenir de cet épisode, trois ans plus tôt, quand tout avait basculé.

*

Janvier

Aujourd'hui, je sais que c'est la fin. Dieu le punira d'avoir joué avec mes sentiments. Il est revenu pour le Nouvel An, à peine quelques jours. On a pris un verre au Café Solstice comme deux anonymes. Il me montrait des photos. Ça nous a replongés dans de vieux souvenirs. J'étais extrêmement excitée. Il m'a demandé de lui décrire cette émotion. Mon cœur battait vite et des picotements me parcouraient le ventre. Il m'a demandé si des gens avaient remarqué quelque chose entre nous. Tout le monde le savait à Tephles. Chaque fois que son nom atterrissait dans une conversation, mon visage me trahissait. Son ego était satisfait, il a acquiescé sans passion. Il me cachait quelque chose, c'était évident. Je n'en pouvais plus. Il y avait une autre fille. Il a commencé à me dire qu'il m'aimait plus que tout, qu'elle avait des problèmes, qu'elle menaçait de se suicider s'il la quittait...

Je l'ai arrêté net. « Je ne te souhaite que du bonheur », ai-je lâché à contrecœur, ma fierté piétinée. J'ai déguerpi en vitesse et j'ai juré de ne plus jamais le revoir. Plus jamais sous aucun prétexte, même le plus valable du monde. Même sa mort.

*

Quatre ans avant le décès de Gaïa, Camélia était étendue sur le canapé, effondrée. Elle avait passé plusieurs jours sans réussir à dormir. Elle écrivait tous les soirs sur un carnet où séchaient également ses larmes. Cet homme avec qui elle avait découvert l'amour la voyait comme un passe-temps. Elle se retourna sur le canapé, sa poitrine était tendue. Les larmes continuaient à couler sur ses joues. Dès lors qu'elle était seule, elle ne pouvait plus les retenir. La bouche sèche, elle sanglotait contre la banquette. Soudain, la sonnette retentit. Ses parents et ses frères étaient sortis. Qui cela pouvait être ? Camélia se traîna jusqu'à l'interphone blanc près de l'entrée de la cuisine.

« Ma fille, c'est Nina, tu es là ? Tu peux m'ouvrir ? »

Camélia bondit dans la salle de bains, se passa un peu d'eau sur le visage. C'était peine perdue, son visage était constellé de plaques rouges et ses grands yeux étaient devenus ridiculement petits. Elle fut prise d'une soudaine envie de vomir. Elle n'avait rien avalé depuis trois jours. Son estomac se contracta en vain et un mince filet de bave sortit de sa bouche. Elle s'essuya en vitesse et ouvrit la porte à Nina. Horrifiée, cette dernière se précipita dans les bras de sa nièce.

« Qu'est-ce que tu as ? Ça ne va pas ? » dit-elle, affolée.

Camélia restait muette. Une immense tristesse se lisait sur son visage. Samy lui avait promis une vie qu'elle voyait s'écrouler devant ses yeux, impuissante. Camélia était lasse de ses aventures d'adolescente. Elle voulait simplement être aimée.

Nina resta assise près de sa nièce, écoutant sa litanie. Des larmes coulèrent sur son propre visage sans qu'elle ne puisse les retenir. Nina se confia pour la première fois. Dans ce moment de douleur, toutes les barrières étaient levées, elle se sentait en confiance.

Cela s'était passé alors que Nina n'avait pas plus de quinze ans. Gaïa l'avait envoyée faire les courses au marché du coin. Elle choisissait les fruits et légumes un à un, les faisait rouler sur sa paume pour juger de leur fermeté, les portant à son oreille pour vérifier leur teneur en eau. Un homme était assis près du vendeur. Il observait ses moindres mouvements. Elle fit d'abord mine de ne pas le voir. Et puis elle lui lança une phrase incendiaire : « Qu'est-ce que t'as à me fixer, toi ? » Le marchand de légumes éclata de rire. Tout le monde connaissait le caractère bien trempé de Nina, tapi derrière sa timidité. Une rougeur était apparue sur ses joues. L'homme resta silencieux. Il devait avoir la vingtaine, svelte et grand. Il y avait quelque chose de doux dans son visage malgré ses traits grossiers. Elle s'éloigna du vendeur en emportant ses achats dans un petit sac en toile. Il la suivit. Il ne parlait toujours pas mais il continuait à l'observer. « Qu'est-ce que tu me veux ? » lui dit-elle. Sa bouche charnue bougea mais aucun son n'en sortit. « Je peux t'accompagner jusqu'à la plage ? » lut-elle sur ses lèvres. Ses longs cils battaient au-dessus de ses yeux. Elle ne savait pas pourquoi, mais il y avait quelque chose dans ce regard qui l'apaisait. Elle se sentait bien avec cet inconnu qui marchait à ses côtés. Il s'appelait Adam et il prit l'habitude de marcher avec Nina chaque fois qu'il la croisait au marché. Il habitait dans un village à quarante kilomètres et venait vendre les légumes de son père tôt le matin. Ses récoltes étaient maigres. Souvent, il n'en restait plus rien dès le milieu de la matinée. Adam errait alors dans Tephles à la recherche d'occupation et de compagnie. Son mutisme effrayait les gens. Au contraire, cela avait attiré l'attention de Nina. Elle avait toujours été convaincue que l'étrangeté donne un certain point de vue sur le monde.

Camélia était allongée la tête sur les jambes de sa tante. Ses larmes avaient séché et son visage s'était apaisé. Elle était suspendue aux phrases de Nina. D'un simple regard, elle l'encouragea à poursuivre.

Les semaines passaient et ils apprenaient à se connaître. Leurs promenades se faisaient plus longues. Ils contournaient les maisons et slalomaient vers la plage. Une affection timide grandissait dans le cœur de Nina.

Un jour, après une matinée au marché, elle regagna la maison en rentrant par la porte du garage. Elle trouva

Gaïa dans le jardin, assise près du figuier, à même le sol. Ce n'était pas son habitude. Elle l'attendait.

« Assieds-toi.

— J'ai les courses que tu m'as demandées, je vais les poser d'abord.

— Non, c'est important, assieds-toi. »

Gaïa avait le visage figé, ses yeux fixaient le sol.

« Cet homme que tu as rencontré… c'est ton demi-frère. Vous avez le même père, toi et lui. » dit-elle sans laisser transparaître la moindre émotion, comme si sa bouche portait ces mots-là depuis des années.

Puis elle ajouta, en levant enfin les yeux vers Nina, des larmes dans la voix : « Je le sais parce que ta mère, c'est moi. »

Nina se souvenait très précisément de l'enchaînement des phrases, elle avait retenu son regard et l'intensité qui l'emplissait ce jour-là. Lorsque Gaïa lui avait raconté qui elle était vraiment, le soleil était au zénith et les vagues grondaient.

Le visage de Camélia se figea.

« Je ne comprends pas. C'est vrai tout ça ? »

Nina se tut et Camélia lut la réponse sur son visage. Puis Nina ajouta :

« Oui, ma fille. Gaïa est ma mère. Elle m'a eue avec le père d'Adam. C'était un amour de jeunesse, des choses pas sérieuses… voilà mon histoire. »

8

Si May avait trouvé ce carnet, c'est qu'il y en avait d'autres. Tout ce qu'elle cherchait reposait entre les lignes des carnets de Camélia. À défaut de lui parler directement, il fallait qu'elle les retrouve et qu'elle les lise un par un. Elle avait envie de savoir ce que Camélia pensait d'elle, si elle l'avait aimée un jour, si elle avait été sincère. Elle voulait savoir si elle avait demandé de l'aide à Gaïa ; à qui elle avait parlé de son enfant ; à quelles amies elle avait osé se confier en la délaissant, elle. Elle était prête à risquer la désillusion. May fit le tour du deuxième étage. En plus de la bibliothèque, il y avait deux chambres et de vieilles toilettes. Les pièces étaient abandonnées à la poussière. Dans l'une d'elles, un tas de vieux cartons traînaient dans un coin. May les vida soigneusement. Elle y trouva quelques livres déchirés et de vieux objets : ampoules, matériel de couture, télécommandes et jeux de dames. Aucune trace de carnet. La voix de Nina s'éleva au loin :

« May ?! Où es-tu ? Je t'attends pour le petit-déjeuner !

— J'arrive…, cria May.

— Je ne t'entends pas... Tu es encore montée au deuxième étage ? »

May rangea rapidement les objets qu'elle avait sortis puis poussa les cartons contre le mur et dévala les escaliers à toute vitesse. Nina avait un regard étrange. Elle ne parla presque pas ce matin-là. May mangea peu. Elle était pressée de retourner dans sa chambre. Si elle n'en trouvait pas d'autres, elle relirait le carnet qu'elle avait déjà sous la main, à la recherche d'indices.

*

May avait longé la route goudronnée en s'éloignant du village. Elle se perdait dans ses rêveries. Quelle était cette terre qu'elle ne connaissait que l'été ? Que devenaient ces gens une fois qu'elle était partie ? Par quoi leurs vies étaient-elles réellement rythmées ? Tephles était plongé dans un silence mortel. Tout était là. La mer grillait sous le soleil, le sable brillait sans irrégularité et le ciel était d'un bleu écru. Cette toile manquait cependant du fantasme d'elle-même. Il lui manquait ce regard qui s'arrête sur un détail, les couleurs d'un rideau ou les contours d'un édifice. Ce regard, c'était le sien et celui des milliers de personnes qui descendaient chaque année au pays, renouant avec une partie oubliée d'eux-mêmes, fantasmant les mots utilisés pour décrire les choses les plus banales.

May avait décidé de sortir vagabonder seule, aux alentours de la maison. Elle retrouvait l'envie de comprendre qui avait émergé pour la première fois à la mort de sa grand-mère. Elle ressentait le besoin de se faire sa propre narration de ce territoire qu'elle voyait lui échapper. Elle atterrit dans le restaurant d'un vieil hôtel où ils allaient quand elle était enfant. Les chaises étaient vides, les allées des jardins désertes, mais le serveur n'avait pas changé.

« Vous avez de la glace ? »

Le serveur lui rit gentiment au nez :

« On a de la glace toute l'année ici, vous voulez quel parfum : vanille, chocolat, fraise ? »

La glace arriva de longues minutes plus tard. Coupelle en verre, cuillère en métal plantée dans une boule régulière qui avait déjà commencé à fondre en chemin. À l'entrée du petit jardin sur lequel donnait l'hôtel, une petite plaque en bois avait été fixée. « À louer, contacter le 06 77 67 98… » Depuis la petite terrasse du restaurant, on voyait les habitations du village en contrebas. À l'allure des bâtisses, au gris persistant de leurs murs, on pouvait imaginer la vie de ces maisons abandonnées dans la précipitation, encore brûlantes des corps qui les avaient peuplées. Autrefois, pourtant, elles s'étaient transmises de génération en génération, jamais changées, réappropriées avec nonchalance, sans grande passion, au rythme de la mer et du temps qui coule. Étrangement, May trouvait à cette scène un charme inouï. Car, si ce village était tout à fait blanc et tout à fait restauré, il ne serait pas plus beau. Il ne serait que davantage le fantasme de ceux qui le quittent pour le retrouver inchangé, sans aucune trace du temps. Cette trace attisait de plus en plus sa curiosité. Depuis qu'elle était là, elle s'était créé des habitudes. Tous les matins depuis deux semaines, elle se baladait autour de la maison, photographiait les maisons en ruine, les paraboles grises, les tissus troués, les fissures, les noircissures des murs, la mousse envahissante. May saisissait la géométrie des lieux en même temps que leur vétusté. Le décalage entre les deux lui plaisait. Ses photos lui valaient les sourires attendris et les regards circonspects des quelques villageois assis, à longueur de journée, devant leurs maisons sur des chaises en plastique.

*

Bientôt, May ne se contenta plus de promenades près du village. Dans son carnet, Camélia évoquait plusieurs fois le Café Solstice. Au début, May avait cru que c'était une expression ou une métaphore. Une recherche rapide lui confirma son existence. Elle prit un petit sac et sortit en saluant sa tante à la volée. Elle voulait aller plus loin, elle avait besoin de comprendre. May réalisait qu'elle n'avait jamais arpenté la ville seule. Au fil des étés, les réflexions de sa famille lui en avaient forgé une image négative. Avec ses cousins, elle s'était amusée à distinguer les citadins des villageois allongés sur la plage. Chaque année, il y en avait un peu plus qui envahissaient le bord de mer à coups de serviettes de plage multicolores. Aujourd'hui, cet espace bétonné amassé sur la baie l'intriguait fortement. Nina s'était assoupie. Il était 17 h 30 et le soleil se cachait timidement entre les nuages. La rue était vide. May marcha en direction de la ville en espérant y trouver plus de passage.

Quelques minutes plus tard, un taxi s'arrêta au bord de la route.

« Vous allez où, mademoiselle ?

— Je cherche un café qui s'appelle le Café Solstice... »

Le vieux chauffeur lui fit signe de monter. La route slalomait tranquillement en descendant vers la ville. Peu à peu, la forêt d'habitations s'approchait. Elles semblaient pousser de toutes parts en désordre. May observait le paysage, la tête contre la vitre. Elle improvisa une question.

« Vous venez d'où ? »

L'homme se racla la gorge. Il venait du même village que Samy mais il l'avait quitté pour s'acheter un appartement en ville. Tout était plus proche, les écoles, les soins. Cela permettait à ses enfants de constituer un dossier solide pour aller plus loin, dans tout autre continent où il fait meilleur vivre. May soupira. Elle en revenait. Son retour à elle était parallèle, injustifiable dans un territoire que tout le monde cherche à quitter.

Le chauffeur de taxi, pris de curiosité, lui demanda ce qui pouvait bien lui plaire ici. May, gênée, répondit avec les mêmes mots hésitants que d'habitude. Elle évoqua la nature, sa famille, la chaleur...

L'homme répondit : « Tous les gens qui viennent d'ailleurs disent ça... Moi, je ne m'en rends même pas compte... Peut-être qu'on a de belles choses ici mais, en tout cas, on ne sait pas en prendre soin. »

Le trajet en voiture se poursuivit. Le vieil homme continua sa description. Tous les cinq cents mètres, il évoquait un nouveau nom pour un nouveau quartier, des populations différentes à des endroits si proches les uns des autres. Il avait des souvenirs à chaque crique, à chaque petite courbure que la mer creusait dans la terre. May écoutait attentivement.

« Avant, tout cela ne faisait pas partie de la ville. Cet endroit, par exemple, s'appelait le cap des Vergers. Maintenant, cet endroit n'en a plus que le nom.

— Il n'y a plus du tout de vergers ?

— Certaines familles ont gardé de petits jardins collectifs. »

Dans sa voix pointait une certaine nostalgie. Plus tôt, il avait dit à May que c'était aujourd'hui l'anniversaire de la mort de son père. Parfois, sa voix tremblait à son évocation, et puis il se reprenait et poursuivait la description méthodique de tout ce qu'on voyait aux alentours.

« D'ici on voit toute la côte. Tu veux descendre rapidement pour voir ? J'ai un peu de temps. »

La route était vide. Le soleil se couchait lascivement et quelques rares personnes rejoignaient leurs habitations. La voiture s'arrêta sur le bas-côté. Une vue imprenable se dégageait sur la baie. Malgré la brume, on voyait les collines se découper au loin, toutes jetées dans une mer d'un bleu turquin. À leurs pieds, de petits arbustes s'éparpillaient dans le sable.

*

Nina était à nouveau seule. La veille, May l'avait prévenue qu'elle irait se promener dans le coin. Nina s'était réveillée avec une migraine. Elle ne comprenait pas comment quelqu'un pouvait sciemment choisir de sortir seule. Elle n'en tirait aucun plaisir. C'était sans doute parce qu'elle n'avait pas le choix : elle avait toujours été seule, tout simplement. Elle passa une main sur son front. Il était en sueur. Elle s'épongea le corps. Elle aurait voulu la retenir, lui parler, la coiffer. Mais elle était sortie. Elle était comme tous les autres, elle préférait le monde extérieur. Elle inspecta la maison. Les cheveux de May s'étaient déposés un peu partout. Ils étaient bruns, épais et ondulés. On les reconnaissait à la forme qu'ils prenaient sur le carrelage blanc. Nina les ramassa un par un et les rassembla dans sa paume. Nina dormait au rez-de-chaussée dans l'une des deux petites chambres en face de la cuisine. Chaque fois qu'elle en sortait, elle refermait soigneusement tout à clef : l'étagère, les tiroirs, la porte. Même quand il n'y avait personne.

Elle entra dans sa chambre et vérifia l'étagère. Tout était encore là. Elle jeta un regard autour d'elle. Elle était seule. Elle ouvrit alors le tiroir de sa table de chevet et en sortit trois carnets en cuir noir. Elle disposa les cheveux de sa nièce dans le tiroir à la place des carnets et le referma à clef. Elle avait mis un temps insensé à trouver ces carnets. Dès que May était de sortie, elle passait chaque pièce au peigne fin. À présent, il était grand temps de s'en débarrasser. Nina transpirait encore. Il était 18 heures. Elle sortit. Un petit vent agitait les fleurs. Les arums blancs tressaillirent sur son passage. Elle traversa le petit portique du jardin et se dirigea vers le cimetière. Il était vide. Personne ne s'intéressait plus aux morts. Eux aussi étaient d'une autre époque. La chaise du gardien était vide. Nina ouvrit la porte rouillée du cimetière d'un coup sec. Entre les tombes, des plantes invasives avaient poussé de toutes parts. Quelques palmiers nains étendaient encore leurs bras ici et là. Nina salua les tombes une par une, puis elle passa devant la tombe de Gaïa sans un regard. Elle avança jusqu'à une petite parcelle de terre encerclée de pierres grises. C'était une tombe de fortune, sans écriteau. Un pauvre ou un seul au monde, pensa Nina. Quelqu'un comme elle. Elle ne connaissait pas cette tombe. Elle devait être récente. Elle se baissa, posa les carnets sur les pierres puis creusa de toutes ses forces. Elle pleurait. Des larmes coulaient de ses yeux sans s'arrêter. Elle regarda de chaque côté puis elle enterra les carnets. Soigneusement, comme tout ce qu'elle faisait. Personne ne devait savoir. Personne ne devait connaître ses secrets. Elle mourrait avec ou elle s'en irait. Cette petite peste de Camélia avait tout écrit. Elle l'avait d'abord observée sans savoir, elle la voyait écrire pendant de longues heures dans le salon. Lorsqu'elle passait près d'elle, dans ces moments, elle sentait qu'elle la dérangeait. Pendant longtemps elle avait soupçonné Camélia de l'espionner. Et puis elle avait chassé ces idées de son esprit. May venait de lui confirmer ses craintes. Elle ne savait pas combien d'histoires sordides Camélia avait consignées dans ces carnets. Il fallait tout cacher. Tout enterrer, tout faire oublier. Elle parlait toute seule. « Je ne les aime pas. Je n'aime pas les enfants. Celui qui était dans mon ventre, je ne l'aimais pas. Heureusement Gaïa m'a aidée à m'en débarrasser. »

*

Le taxi poursuivit son chemin vers la ville et s'arrêta dans une petite rue où s'amassaient des dizaines de petits commerces. Une foule se tassait devant. Ils marchandaient, discutaient, s'embrassaient, et leurs mouvements étaient tels que l'on ne distinguait rien de précis. Guère plus qu'une foule animée de remous. Le conducteur de taxi lui indiqua le café qui faisait l'angle. Sur la façade on pouvait lire « Café Solstice ». À l'extérieur, il y avait quelques tables disposées en arc de cercle devant de larges baies vitrées. À l'intérieur, quelques peintures étaient accrochées à un mur dont la couleur tirait vers le beige-crème. Après une légère hésitation, May s'installa à l'intérieur, près de la fenêtre. Un serveur arriva aussitôt. Elle commanda une noisette. Elle se sentait comme à Paris. Les codes de consommation étaient similaires, les produits étaient les mêmes que dans toutes les villes mondes. May avait apporté un livre qu'elle avait trouvé dans la bibliothèque de la maison. Elle lisait encore un Camus d'un œil distrait lorsqu'elle fut interrompue par un jeune homme.

« Vous n'êtes pas d'ici ? »

Il devait avoir trente-cinq ans, brun, des lèvres roses bouffies et des yeux séducteurs.

« Qu'est-ce qui vous fait dire ça ? lui répondit May avec une confiance dont elle ignorait l'origine.

— Je ne sais pas trop… c'est peut-être une question

d'attitude… Ah ! Vous lisez Camus ? Il a tout compris à la nature, aux paysages, mais il ne nous a jamais compris, nous… »

Derrière lui, trois autres hommes le regardaient en s'esclaffant. Il avait quitté leur table pour venir s'adresser à elle. Soudain, elle réalisait qu'elle était l'unique personne du café qui était assise, seule, à une table. C'était sans doute davantage cela que son attitude qui avait attiré le jeune homme. Une jolie femme qui devait avoir vingt-cinq ans arriva derrière lui. Elle le prit par la taille et le poussa délicatement.

« Qu'est-ce que tu as à l'emmerder, Rayan ? Lâche-la un peu. C'est quoi, cette foutue manie d'aborder les inconnues ? »

C'était la serveuse du café. Elle s'appelait Maria et avait un hypnotisant grain de beauté au-dessus des lèvres. May avait l'impression de l'avoir déjà vue quelque part. Rayan rejoignit ses trois acolytes la queue entre les jambes. Maria le suivit du regard puis adressa un clin d'œil à May. Son attitude était effectivement différente, Rayan n'avait pas tort. May avait quelque chose d'extrêmement discret et, en même temps, on ressentait chez elle une curiosité qui bravait les barrières. Tout cela se lisait dans son regard. Loin de Camélia, May cessait d'être une ombre. Elle affirmait sa propre personnalité.

En se rendant aux toilettes, May remarqua une terrasse qui donnait sur la baie. On voyait son village. Une curieuse fierté lui gonfla la poitrine. Elle était de là-bas. Le café se vidait, elle tournait les pages, le soleil s'était couché. Elle n'avait pas vu cette journée passer. Elle s'était rapidement promenée dans les ruelles surplombant la baie puis était venue se blottir dans le silence du café. Elle retrouvait la « solitude peuplée » de Paris. Elle prit quelques clichés et revint s'asseoir. Maria s'était changée, son remplaçant venait d'arriver. Elle s'assit à la table de May, qui avait posé son livre et regardait à présent la rue, plongée dans une contemplation toute sienne.

« Ça va, il n'est pas revenu ?

— Non ça va, il ne me jette plus que des regards à distance maintenant... dit-elle en souriant.

— C'est marrant, j'ai l'impression de t'avoir déjà vue quelque part...

— C'est exactement ce que je me suis dit quand je t'ai vue arriver. Tu connaîtrais pas...

— Attends... Maria ferma les yeux, à la recherche du souvenir que May s'était évertuée à déterrer – en vain – depuis quelques heures. Tu ne serais pas... une amie de Camélia ? »

Une lueur de gêne traversa le regard de May.

« C'est ma cousine...

— Cette fille-là est une artiste, elle fera de grandes choses, c'est sûr... Elle venait lire des poèmes ici, au café, parfois. Ah ! Ça me revient. On a dû se croiser à la plage un été, vous avez une maison de famille dans un village du coin, c'est ça ?

— Oui. Enfin, on avait. On va la vendre. J'y passe quelques mois avant que le nouveau propriétaire s'y installe. Elle ne savait pas pourquoi elle avait prononcé cette phrase. Pour une raison obscure, elle se sentait en confiance.

— Tu as des nouvelles de Camélia ? Je ne l'ai pas vue depuis au moins un an. Plus aucun de ses amis n'a de nouvelles.

— Je l'ai revue à la mort de ma grand-mère mais ça faisait deux ans à peu près que j'avais perdu contact. Rien n'est plus comme avant dans notre famille. Je ne sais pas si c'est normal d'en arriver là en grandissant mais...

— Dans ce foutu pays, tout est comme ça de toute façon. Ici c'est simple, soit tu es rebelle, soit tu es esclave. Tu choisis ton camp assez vite, et après c'est fini. Certains s'enferment dans les conventions sociales et la cage est construite, c'est terminé pour eux.

— Tu crois qu'ailleurs c'est différent ? »

Maria eut une minute d'absence puis elle se dirigea vers le comptoir en disant :

« Je bouge, là, mais si tu n'as rien de prévu ce soir, tu peux nous rejoindre. On va aller boire des verres, avec des amis ! »

*

Elles traînèrent dans les bars jusqu'à des heures indues. Elles faisaient partie des rares femmes, riant fort, libres de leur parole et de leurs mouvements. Elles attiraient les hommes par leurs gestes brusques, leur posture sûre et leurs épaules hautes. Personne ici ne se comportait comme cela. May et Maria avaient à présent atterri dans un bar aux couleurs criardes. Rayan y était attablé avec les trois mêmes hommes qu'au Café Solstice. May dansait sur la piste, déchaînée. Elle commença par détourner le regard puis finit par répondre aux phrases que Rayan lui envoyait sans parcimonie. Elle fut alors plongée dans une conversation qui tentait maladroitement de s'élever au-dessus des décibels.

« Pourquoi tu es rentré ici ?

— Parce qu'il y a la famille, ça manque, tu vois... Et puis il y a les obligations de la vie.

— Les obligations... genre conjugales ? dit-elle avec un sourire.

— Oui, c'est un peu ça...

— Oui, mais ça ne répond pas à la question. Pourquoi ne pas rester là-bas ?

— Parce que ce n'est pas pareil, rien n'est pareil qu'ici. Les choses n'ont pas le même goût, la vie n'a pas la même odeur, rien n'est pareil. Tu as l'impression que tu te réveilles au même endroit après avoir pris l'avion. Presque rien n'a changé, tout est dans le même ordre, ton portable archive chacun de tes mouvements, il les anticipe même. Il te souhaite la bienvenue avant que ton pied se soit posé à terre. Arrête-toi deux secondes pour sentir l'air. Tu crois que c'est le même ? Si tu penses que c'est pareil partout, c'est que tu n'as rien compris. Tu sens l'odeur de la mer ? Jamais ailleurs tu ne sentiras la même, crois-moi. On est des enfants gâtés. »

Il dut répéter la dernière phrase. Elle n'avait rien entendu car le serveur venait de déposer une nouvelle tournée à leur table.

« Tu me dis ça à moi ? J'ai fait le chemin jusqu'ici alors que tout le monde me pousse dans le sens inverse. Ma famille se déchire à cause d'un héritage. Je suis juste là, perdue, à essayer de comprendre ce qui se passe sans aucune clef pour y arriver.

— Mais tu crois qu'il suffit de prendre un billet d'avion pour tout ressentir, tout comprendre immédiatement ? Tu crois que quatre mois ici te suffiront à résoudre les crises que tu traverses ? Jamais tu ne comprendras cet endroit si tu ne fais que le fantasmer. Un jour tu devras le regarder en face. Arrêter de trouver mignons les accents, les intonations ou la couleur du soleil. Un jour tu vas devoir le vivre. Après seulement tu comprendras les regards creux dans les bars ou les secrets de famille enterrés dans les cimetières. Tant que tu ne te seras pas identifiée à tous ces gens, tu ne comprendras rien. Tu es comme Camus avec nous. Tu nous fantasmes sans t'intéresser à ce qu'on est vraiment.

— Pourquoi tu me fais la morale comme ça ?

— Parce que j'ai trente-sept ans, tu as quel âge toi ? Vingt-deux ? Je respecte les gens et il y a des secrets qu'il faut savoir garder. »

May reprit une cigarette abandonnée dans le cendrier et se mit à la fumer. Elle ne fumait pas d'habitude mais, dans cet environnement si masculin, il y avait quelque chose à prouver. Une résistance. Une différence avec leurs épouses restées au foyer. Elle se tourna vers le plus âgé des hommes, toujours aussi curieuse de sonder les rêves mal informés qui donnaient envie de vivre ailleurs.

« Toi, tu as déjà vécu en France aussi ?

— Moi, je n'ai jamais quitté le territoire. Je protège le pays, dit-il en s'esclaffant.

— Moi, j'irai là où tu iras », lança Rayan à May.

Le plus vieux lui jeta un sourire amusé : « Mais elle est là, devant toi, et toi, tu lui dis que tu veux aller avec elle ailleurs ? » avant d'ajouter en regardant May : « Fais gaffe, il veut peut-être ton passeport… »

Le DJ avait fait le tour de sa playlist et Maria avait dansé sans interruption pendant que May discutait. Elle jubilait maintenant à l'idée de rejoindre un autre bar. Rayan et ses amis avaient proposé de les y emmener. Le trajet dans la voiture était interminable. Les rues vides se succédaient, comme les réverbères. Ils prenaient une couleur singulière dans le bleu glacé du soir. Une couleur orangée qui rappelait les cigarettes incandescentes. Ils atterrirent à l'Alameda, un bar aux couleurs bleues et rouges. Avant de s'asseoir, leurs acolytes avaient fait le tour du lieu, saluant les uns et les autres comme des amis de toujours. Par endroits, cette ville était elle aussi un village.

« On vient ici la journée. Plus tôt ça reste un bar et à partir de 20 h 30, 21 heures ça devient un restau, avec de la musique, c'est dansant, c'est sympa ! Au centre de la ville, c'est le seul bar agréable. Sinon il faut aller dans les banlieues. »

May acquiesçait. Elle connaissait les bars de ce qu'ils appelaient les « banlieues ». C'était son village. Des repaires d'alcooliques dans lesquels on lui avait toujours défendu d'aller.

Les paroles se succédaient, chantant la même litanie : « L'exil les a perdus, l'exil est dur et cruel. »

« Allez, donne-nous à boire, dit le plus vieux au serveur. On veut du Martini !

— S'il n'y a pas de blanc, je vous donnerai du rouge, répondit-il.

— Franchement parfois je me dis que je vivrais beaucoup mieux ici. Il n'y a pas la même chaleur humaine, il n'y a pas le même rapport à la famille. Là-bas j'ai perdu le sommeil pendant presque un mois, et là, depuis que je suis revenue, je dors sans problème », murmura May, presque pour elle-même.

Le plus vieux était le seul à l'avoir entendue. Rayan la regardait sans l'écouter depuis quelques heures.

« Moi aussi, j'ai vécu dans les grandes villes du pays. Ce qui m'a fait revenir au village, c'est la famille… et surtout la mer. Je ne peux pas vivre sans la mer. Je ne le dis à personne car on me trouverait sentimental. » Il rit dans sa gorge et poursuivit.

« Ici j'ai l'impression d'être dans un territoire au-delà duquel il n'y a plus rien. Juste nous et puis la mer. Dans les villes continentales je me sens étouffé, c'est comme s'il y avait trop de choses autour de moi.

Les yeux de May brillaient. C'était exactement ça. Elle ajouta : « J'ai l'impression qu'ici… vous savez vivre pour une raison simple ! » avant d'être emportée dans la danse comme tous les autres. Dans un élan soudain, aidés par l'alcool et la hauteur des musiques populaires, ils se laissèrent entraîner par la magie. Dès les premières notes, tous les corps s'étaient levés, les lèvres murmuraient les paroles avant qu'elles ne soient chantées. Les cheveux en désordre, May et Maria dansaient en se déhanchant furieusement.

« Mais dis-moi, c'est quoi, la vraie raison qui t'a amenée ici ? Qu'est-ce qui t'attire dans ce qui repousse tout le monde ? C'est sûrement un homme, je ne vois pas quoi d'autre », lui glissa soudainement Rayan à l'oreille.

May lui rendit un regard sombre :

« Même pas. »

9

Une énorme rage lui secouait le ventre. Camélia aurait voulu courir sans s'arrêter, remonter des pentes à l'infini. Elle aurait pu crier sans se vider, marteler les mêmes phrases qu'aucun d'eux ne semblait comprendre. Mille fois elle avait envisagé de se repentir, tenté de se racheter. Mais cela n'aurait servi à rien. Elle était terriblement seule, les tripes retournées, le mental en berne… Elle était debout, perdue, sur la corniche d'une baie habitée par quelques soûlards. À droite, une armée de cafés s'étirait sans fin. Devant elle, des dalles, du sable et la mer, majestueuse. De vagues sons étouffés lui parvenaient d'un des bars derrière elle. C'était l'Alameda. Trop de fois, elle y était allée, ivre et chancelante, et puis elle était rentrée sans le sou, les collants déchirés, le corps abattu. Chaque fois, cela se terminait de la même manière. C'était le même rituel qui l'attendait une fois chez elle. Se démaquiller et effacer toutes les traces les unes après les autres. Quand elle rentrait, elle entendait sa mère se retourner plusieurs fois dans le lit. L'appartement était si petit qu'elle ne pouvait rien cacher aux oreilles aiguisées. Seul son père restait dupe. Elle avait toujours su qu'il était le seul qu'elle pouvait flouer. Les femmes savaient. Elles savaient car elles avaient le même vagin que celui qu'elle offrait aux hommes. Sa mère savait et personne d'autre ne saurait. Camélia avait toujours été méthodique, les mouvements précis, les doigts parfaitement limés, elle pliait chacun de ses vêtements jusqu'à ce qu'ils ne soient plus que de petits morceaux de tissu que l'on peut cacher. Tout y passait, sa robe du soir, ses collants déchirés. Tout finissait dans un petit sac blanc minuscule qu'elle nouait deux fois. Et puis, devant le miroir, elle pleurait toutes les larmes de son corps. Cela aussi faisait partie du rituel, il fallait que son visage soit troué par l'acidité des larmes, qu'elle puisse dessiner leurs contours tant elles collaient à la surface de sa peau. Alors seulement elle pouvait mériter un jet d'eau. Alors seulement le calme pouvait venir. Un calme doux. Un calme rond comme celui dont elle avait rêvé avec le premier homme. Celui qui l'avait traînée jusqu'aux abysses d'elle-même. Celui qui lui avait fait toucher un fond dont elle ne parvenait plus à se relever. À la mer, dans les boîtes, au travail, à l'école, à la maison, dans la famille. Aucune cible n'était à exclure de son plan pour reconquérir l'estime d'elle-même. Aucune option ne devait être mise de côté. De l'autre côté du miroir, son visage lui apparaissait en entier. Des dizaines de petites rides étaient venues se blottir près de ses yeux et des recoins de ses lèvres. Elle avait toujours su que c'est là que sa peau se friperait en premier. Elle avait tant distribué de sourires qu'on ne lui avait jamais rendus. Elle avait tant donné d'amour sans en recevoir. Cela devait se passer ainsi. Elle le savait. Il le fallait. Sa tête était à présent posée sur l'oreiller, la banquette du salon était dure. Elle avait froid. Une couverture était entreposée dans la chambre où elle dormait avec ses frères. Ils étaient déjà endormis, elle ne prendrait pas le risque de les réveiller. L'odeur de cigarette suivait chacun de ses pas. Ses doigts lui faisaient mal. C'était tant mieux. N'était-ce pas cela qu'elle recherchait ? Avoir mal ? Sentir la rage jusqu'au bout de ses extrémités ? Dormir avec la douleur d'être encore en vie ? Camélia retourna sur ses pas. Elle n'avait pas besoin de couverture, elle allait se couvrir de froid jusqu'au petit matin. Comme ça, au moins, elle pourrait se lever la première, avant sa mère qui préparait le petit-déjeuner pour tout le monde dans cet espace si étroit qu'on entendait les respirations. Alors elle effacerait les dernières traces, celles qui résisteraient à toutes ses techniques les plus féroces. L'odeur de clope sur sa peau, ses cheveux, les moindres parcelles de son corps. Les traces de sperme sur son sexe et sur ses seins. C'était bientôt fini. Elle le sentait. À cette pensée, elle trouva un long sommeil. Cela faisait quelques mois qu'elle n'en avait pas eu de tel.

*

Cela arriva un samedi soir, plusieurs années avant la mort de Gaïa. Elle l'attendait. Camélia passa la porte sur la pointe des pieds. Ce soir-là, la jeune femme avait erré sans but. Elle avait marché au moins trois heures, recroisant plusieurs fois les mêmes personnes. Cette ville ne permettait même pas de se perdre. Pas plus que son village. Tôt ou tard, on revoyait les mêmes scènes se jouer. Elle avait fini par rentrer, soupirante, ruisselante de sueur, exténuée par cette marche sans objet, sans autre motif que de fuir. Sa mère était derrière la porte et elle l'attendait, sa mère qui le soir même s'était introduite dans sa chambre, avait ouvert le tiroir du bureau et était tombée sur quatre carnets noirs numérotés. Elle n'avait jamais fini un livre de sa vie. Elle était sortie de l'école à dix-huit ans et avait échappé à ce supplice dont elle n'avait jamais compris l'intérêt. Rita avait tout lu, chaque phrase résonnait avec sa propre vie, chaque sentiment était parfaitement décrit. Toutes sortes d'émotions l'avaient traversée. L'image de son premier amour lui revint à l'esprit. Pourquoi fallait-il que les choses se répètent ainsi ? Pourquoi Camélia n'était-elle pas comme les autres, une bonne fille simple qui travaille, se marie, fait des enfants et les élève patiemment ? Pourquoi diable fallait-il que tout soit compliqué dans cette famille ? Toute sa vie était dédiée aux siens, chaque minute de sa journée y était consacrée. Elle avait bâti cette famille pour éponger les dettes de sa jeunesse, faire au moins une chose dans sa vie « comme les autres ». Mais cela n'avait visiblement pas suffi. Cette famille était maudite. Elle n'y pouvait rien. Dieu en avait voulu ainsi. Elle avait cinquante-trois ans. Elle avait espéré passer la fin de sa vie avec ses petits-enfants, les emmener au parc dans des poussettes, sympathiser avec les autres grands-mères sous les bougainvilliers. À la place, elle lisait les carnets d'une putain. Sa fille était une putain. Et elle n'y pouvait rien. Elle n'y pouvait fichtrement rien. Lorsque Camélia tenta de rentrer dans la salle de bains pour exécuter son rituel, elle sentit le corps de sa mère s'abattre sur son dos. Son corps trapu l'encercla de toute sa force et la tira dans sa chambre, une main sur sa bouche. Elle était rouge. Elles étaient en sueur.

« Mais ça va pas ou quoi ? Qu'est-ce qui te prend ? cria Camélia hors d'elle.

— Chut, tais-toi, tais-toi. »

Sa mère était en nage, elle posa un doigt sur sa bouche pour lui signifier de ne rien dire. Elle enrageait, de la salive s'était déposée autour de ses lèvres, écumante.

« Écoute-moi bien et tais-toi. J'ai tout lu, je sais tout, absolument tout. Tu as eu un enfant avec cet imbécile ? Pourquoi tu ne m'as rien dit ? Je suis ta mère ! Pourquoi tu ne m'as rien dit ? Tu as fait confiance à Gaïa et Nina ?! Mais tu es folle ou quoi ? À qui tu écris tout ça, hein ? Dis-moi ! À qui tu écris ces carnets inutiles ? Tu penses qu'ils vont te répondre un jour, tes carnets ? Tu penses que tu peux en faire un roman qui te rendra célèbre ? Personne n'en a rien à faire, de ta vie. C'est banal, c'est sale, il n'y a rien. Il n'y a rien dans ta misérable vie. Je préfère mourir que de voir ça. Je préférerais mourir que de vivre avec une fille comme toi. Pourquoi tu me rends la vie si difficile ? Tu ne peux pas juste te contenter de faire comme les autres ? Je ne veux plus jamais entendre parler de cet enfant, tu m'entends ? Plus jamais. Je veux l'effacer de ma mémoire à tout jamais. Tu me fais honte.

— Tu crois que je ne sais pas que, toi aussi, tu as vécu une histoire d'amour qui a mal tourné ? Je ne fais rien de mal. Je vis. »

Ses yeux roulaient, sa respiration s'était accélérée, Rita ne se contrôlait plus. Elle était à nouveau plongée dans un de ces états qui la prenaient depuis que Camélia était enfant. À l'époque, elle souhaitait sa propre mort, elle courait à la fenêtre pour se jeter, il fallait la retenir, et puis c'était la crise de larmes et de sueur. Camélia avait grandi comme cela. Elle avait grandi ainsi mais, chaque été, elle faisait semblant, parce qu'il y avait les autres, parce qu'il y avait l'honneur, parce que c'était l'été. Personne n'était au courant de cela, pas un médecin, pas un psychologue, pas une infirmière. C'était un élément de sa personnalité comme les autres.

À présent, Camélia était silencieuse. Son visage s'était fermé. Elle avait coupé ses émotions. Cette situation la renvoyait en enfance. Elle connaissait l'escalade qui s'ensuivrait si elle répondait, elle pouvait prédire l'enchaînement exact des réactions. Elle répondrait, sa mère renchérirait, hurlerait et puis elle dirait qu'elle veut se jeter par la fenêtre puis on la coucherait et elle continuerait de maudire la vie, de maudire la famille, de se maudire elle-même, à l'infini.

*

Camélia posa la main sous son menton et regarda le ciel. Elle était assise dans l'un de ces grands restaurants assaillis toute la semaine. Elle n'avait jamais aimé lire. Cette activité à laquelle s'adonnaient ses cousins venus de l'étranger lui avait toujours paru étonnante. Tant de temps gaspillé à lire les histoires des autres plutôt qu'à vivre la sienne ?! Non, cela ne valait vraiment pas la peine. En revanche, écrire, oui. Surtout dans ce bled où personne n'était digne de confiance. Il fallait bien un endroit où balancer ce qu'on avait sur le cœur. À droite, une table d'hommes qui la dévisageaient. À gauche, un couple de trentenaires encore frais. L'homme avait un regard d'adieu résigné lorsqu'il plongeait ses yeux dans les siens. C'est si facile, de blesser les gens lorsqu'on le veut. Ils ont tous une faille qu'il faut savoir rapidement déceler. Lorsqu'elle la trouvait, Camélia n'avait aucune pitié. Elle la titillait jusqu'à obtenir exactement ce qu'elle voulait. Usée par la déception, elle n'accordait plus sa confiance. À présent, c'était à son tour de profiter. Elle ne jouissait qu'après avoir décroché des avances claires ou des cadeaux. Les regards, c'est bien beau, mais ça ne sert à rien !

Elle venait ici une fois par semaine. Elle choisissait sa place selon la lumière, prenait un café et écrivait des heures et des heures dans un carnet en cuir. Chaque page qu'elle noircissait décrivait un état d'âme qui l'avait traversée. Et lorsqu'elle n'en avait pas assez, elle le provoquait, elle le construisait de toutes pièces. Elle créait sciemment des situations pour vivre des sensations fortes. Tout était vrai, chaque adjectif était minutieusement choisi, la ponctuation soignait le rythme. À quoi bon imaginer lorsqu'on avait tout autour de soi ? Cette ville vomissait les histoires dramatiques. Elle en explosait de partout. Il suffisait de tendre l'oreille et les histoires surgissaient. Il suffisait de savoir écouter.

Plus d'une fois, des clients s'étaient approchés d'elle, intrigués par cette activité qui semblait entièrement l'absorber. Dans le café, c'étaient souvent des hommes, attirés par sa solitude et l'intensité de sa concentration. À la maison, c'était sa grand-mère Gaïa qui l'avait vue la première. Elle l'avait observée discrètement quand elle s'isolait à l'étage avec son carnet. Dans la grande maison familiale, elle dérobait ainsi quelques heures d'une solitude qu'elle n'avait jamais pu trouver chez elle. Gaïa l'avait encouragée. Elle aussi inventait des histoires. Elle y mettait « des secrets qui ne regardent que les femmes ». En entendant cette expression, le regard de Camélia s'était illuminé. C'était exactement ce qui la faisait écrire.

*

Nina prépara thé et café pour la sixième fois de la journée. Les invités continuaient à se succéder à l'occasion du deuxième mois d'anniversaire de la mort de Gaïa. Dans deux mois, soixante et un jours, la maison serait vendue. C'était la date qu'ils avaient fixée.

Plusieurs acheteurs avaient fait des propositions mais aucune ne satisfaisait Rita. Elle avait déjà fait des milliers de plans avec l'argent qu'elle espérait percevoir. Ceux-ci incluaient l'acquisition d'un local de restaurant ainsi que l'organisation d'un mariage grandiose pour chacun de ses enfants. Ce matin-là, elle était restée au lit un peu plus longtemps. Depuis quelques années, son dos lui faisait terriblement mal. À présent, chacun de ses déplacements lui coûtait. Aujourd'hui il fallait rejoindre Nina pour recevoir les invités. Elle n'en avait aucune envie. Depuis quelques années, Nina était devenue pour elle une source de colère terrible. Dans cette famille qui n'avait pas soutenu ses choix, une bâtarde avait une plus grande place qu'elle. Bâtarde, oui ! Elle le savait depuis longtemps. Très tôt, Rita avait écouté aux portes. Elle connaissait l'histoire de sa mère. Elle connaissait la vérité qu'on s'évertuait à cacher sous d'innombrables couches de bienséance. Nina était le désaveu de sa mère et, pour compenser son malheur, elle lui avait fait une place inébranlable dans son giron. Heureusement, elle n'hériterait de rien. Sa filiation avec Gaïa ne figurait sur aucun papier officiel. C'était la seule erreur que Gaïa avait commise : ne pas la protéger après sa mort. Gaïa avait toujours espéré que ses enfants gardent la maison. Jusqu'à ses derniers jours, elle avait insisté pour conserver ce territoire commun qui rassemblait cette famille éclatée. Elle s'était émue des sourires heureux à toutes les fêtes qui les réunissaient. Mais avait-elle espéré que cela suffise ? Il fallait être bien sot pour l'imaginer, pensa Rita. Elle ne croyait plus en la famille depuis longtemps. Vieillir lui avait fait relativiser les émotions nues de l'enfance, les bonheurs simples, les étreintes sans calcul. Avec l'âge, elle s'émouvait presque de la naïveté des débuts. Elle se surprenait à se souvenir de gestes purs, sincères, tous terrassés par ce regard cynique et froid qui rattrapait tout le monde. L'abandon. C'était à cela qu'on arrivait tous un jour. On s'abandonnait. Sur cette pensée, Rita se décida à se lever et s'habilla en vitesse. Lorsqu'elle arriva à la maison, les invités étaient déjà là. Elle prit place en silence. L'atmosphère était au recueillement. Personne ne parlait. Il y avait deux cousins éloignés et une vieille amie de Gaïa. Ils s'échangeaient des souvenirs et parlaient de choses simples. Nina avait les yeux rivés sur une fissure qui traversait dangereusement le plafond du salon. Comme pour rompre le silence, Rita évoqua la mise en vente de la maison. Nina se mordit la lèvre. Personne d'autre n'était au courant, ils s'étaient promis de ne pas en parler à la famille éloignée avant d'avoir trouvé un acheteur digne de ce nom. Mais, comme souvent, Rita n'en faisait qu'à sa tête. Les visages se crispèrent. Ils y étaient passés un été ou un autre. Gaïa avait toujours insisté pour garder la porte ouverte. Tous y avaient des souvenirs, famille proche, éloignée, amis, amis d'amis. Ils parurent désolés, ils comprenaient les circonstances mais s'en émouvaient. Puis ils regardèrent tristement Nina. Où allait-elle pouvoir vivre à présent ? Personne n'osa poser cette question. Ils regardèrent son visage se décomposer en silence. Rita était triomphante.

*

Juillet

Plusieurs fois, j'ai eu envie d'écrire de vraies histoires, comme ils les appellent. Vraies histoires c'est-à-dire histoires fictives apparemment... Quand je viens chez grand-mère, j'ai tellement de temps et il n'y a tellement rien à faire que je serais déjà une écrivaine célèbre si je m'y étais mise un jour. Mais il y a quelque chose qui m'embête dans l'écriture. C'est vous. Vous ne tournez les pages que lorsqu'il y a assez d'action à votre goût. Vous traquez les indices que l'on vous laisse pour anticiper les dénouements. Il faut sans cesse vous laisser des petites miettes pour créer une cohérence ; dessiner des motifs qui créent un propos. Le plus souvent, pourtant, la vie ne laisse pas d'indices. Quand elle décide que quelqu'un doit partir, c'est foudroyant. Quand quelqu'un vous déçoit, c'est brutal. Bien sûr, on peut toujours retrouver a posteriori les indices précurseurs de tel ou tel événement ou de telle ou telle réaction. Mais ça, c'est une manie d'écrivain. La vie, c'est autre chose.

Les premiers mots que Camélia écrivit lui vinrent autour de ses vingt ans. Elle était allongée contre la grande fenêtre du salon ; sur un canapé vert olive. Quelques feuilles de papier blanc posées sur la table avaient attiré son attention. Gaïa faisait parfois des dessins et elle laissait traîner son matériel. Elle s'était saisie d'un vieux stylo qui traînait et les mots étaient venus tout seuls. Elle en avait tant sur le cœur qu'elle y trouva un exutoire sans égal. Ce fut ce jour-là que Gaïa découvrit l'héritage qu'elle avait légué à sa petite-fille. Ce n'était ni l'école ni les livres qui lui avaient tracé le chemin. C'étaient les blessures et l'ennui. Elle passa de la cuisine à la terrasse en l'observant de loin. Son visage s'était animé d'un léger sourire. Bientôt, Camélia revint tous les week-ends. Elle peinait à trouver une quelconque intimité chez elle. Elle prenait le taxi, été comme hiver, et venait écrire de longues heures durant. Nina s'affairait à la gâter comme elle savait si bien le faire et Gaïa l'observait de loin, d'un regard bienveillant et ému. Quand elle s'allongeait pour écrire, toujours au même endroit, personne n'osait troubler sa concentration.

Nina s'était toujours imaginé que la petite Camélia faisait ses devoirs. Gaïa, elle, savait exactement ce qu'elles avaient en partage. C'est ainsi que des secrets que l'on pensait enfouis furent consignés dans de petits carnets. C'est ainsi que les conversations les plus intimes furent retranscrites mot à mot. Y compris les histoires de Gaïa. L'écriture a cela de dangereux qu'elle crée un matériau intelligible pour les souffrances que l'on tait, les déceptions que l'on oublie et les trahisons que l'on avale. Camélia ne laisserait rien passer. Elle y était décidée.

10

Depuis qu'elle fréquentait Maria, May avait déserté la maison. Elle redécouvrait le monde qu'enfant elle voyait défiler par la fenêtre de la voiture. Elle passait son temps au café où Maria travaillait. Lorsqu'elle avait fini son service, May et Maria sortaient flâner dans les rues et refaisaient le monde dans son petit appartement.

Un soir, Nina décida de rester éveillée jusqu'à ce que sa nièce rentre. Elle avait plusieurs fois fait le tour de la maison, arrosé les plantes, nettoyé la terrasse, le toit, la cuisine, puis s'était assise en silence. Dès qu'elle cessait son activité, les mêmes symptômes apparaissaient : palpitations, sueurs, migraine. En s'éloignant, May avait rendu Nina à son ennui. Ses journées n'étaient plus rythmées par la satisfaction des besoins de sa nièce. Alors elle ruminait, assise à la table à manger, fixant cet espace qu'elle allait quitter sans faire valoir ses droits. À nouveau, elle était livrée au silence le plus total, si plein qu'elle le sentait bourdonner dans ses oreilles. Elle était fatiguée, les rides de son front tremblaient. Des perles de sueur s'y étaient accumulées. May réapparut à la maison à 2 heures du matin, visiblement éméchée. Nina était en nage. Lorsque May pénétra dans l'enceinte de la maison, elle trouva sa tante assise dans le salon, les yeux vides.

Nina s'était décidée à lui raconter son secret. Elle passa en revue chaque détail comme elle l'avait fait avec Camélia la toute première fois. Elle ne savait pas faire autrement. Son frère Adam, Gaïa qui était sa mère, l'héritage auquel elle avait logiquement droit. Ses yeux s'évadaient d'un côté à l'autre de la pièce. Elle ne parvenait pas à regarder May.

Il fallait faire vite car Rita avait trouvé un acheteur qui arrivait dans un mois jour pour jour. Elle lui montra une copie de la promesse de vente destinée à Elio. Nina était pâle. D'un mot à l'autre, son corps se secouait de tremblements. On sentait l'odeur de sa transpiration. May était sous le choc. Celle qu'elle appelait affectueusement sa tante l'était vraiment. Nina avait gardé pour elle ce secret jusqu'à ce qu'il devienne trop lourd. Jusqu'à ce qu'elle voie son monde, sa maison, sa vie s'effondrer devant ses yeux. Depuis deux mois, May s'était réveillée tous les jours avec Nina sans savoir quelle lourde vérité elle portait. Sa curiosité s'était attardée sur sa cousine, qu'elle voulait reconquérir, alors que sa tante avait, plus que tous, besoin d'elle.

Ce soir-là, May ne dormit pas. Les quelques semaines qu'elle avait passées à la maison lui paraissaient bêtement gaspillées. Des milliers de pensées s'écrasaient contre son crâne. La famille avait caché Nina pour ne pas ébruiter l'histoire, ne jamais la rendre officielle. Ils avaient sacrifié un destin pour protéger l'honneur du groupe.

Ils étaient tous coupables. Comment sa famille avait-elle pu lui faire subir cela ? Comment son père avait-il pu en être complice ? Pourquoi Nina ne s'était-elle pas révoltée plus tôt ?

À 7 heures, May se leva définitivement. Elle avait à présent une mission : aider Nina à prouver sa filiation. Maria lui avait déjà laissé deux appels manqués et un texto. Elle et ses amis allaient acheter de la glace puis flâner près des falaises. Elle répondit hâtivement et descendit à la cuisine. Nina était là depuis au moins une heure.

Sa tante avait rassemblé une pile de papiers sur la table. Au fil des années, elle avait accumulé un nombre important de documents administratifs sans connaître leur utilité. Elle les tendit à May pour qu'elle les examine. Il y avait de tout : des factures, des papiers d'identité, l'acte de mariage de Gaïa, l'acte de naissance d'Elio, un livret de famille, un titre de propriété. May épluchait les documents sans satisfaction. Nina ne figurait nulle part, sa trace n'avait jamais été inscrite dans les registres de la famille. Quelque chose étonna May. L'acte de naissance de Rita avait disparu. À vrai dire, aucun des documents que May passait maintenant en revue ne la mentionnait. May lui demanda si quelqu'un lui avait réclamé des documents. Elle répondit que non. May demanda à voir le reste des papiers. Nina eut une minute d'absence. Elle déroulait le fil de sa mémoire dans ses yeux absents. Tout était dans le meuble à tiroirs de la bibliothèque. Rita en avait demandé les clefs pendant les obsèques. Elle disait vouloir récupérer des livres mais pas les papiers administratifs. Rita avait-elle pu subtiliser des papiers de Nina ? May proposa de vérifier auprès de son père. À son évocation, Nina se crispa. C'était hors de question. Il ne fallait surtout pas qu'il sache qu'elle la mêlait à cela !

*

May appela Maria. On entendait le crépitement des vagues. Elle était, comme souvent, de sortie. May lui expliqua la situation. Ce n'était pas la sienne, bien sûr, c'était celle d'une amie, mais elle avait besoin de son aide car elle ne connaissait pas les lois qui s'appliquaient ici. Maria lui demanda comment elle faisait pour se retrouver dans des situations pareilles. Qu'est-ce qui n'arrivait pas dans ce sale pays ! Elle n'avait aucune idée de comment prouver la filiation de cette dame dont la mère était décédée. Elle demanderait à un juriste avec qui elle avait couché. Elle enverrait son contact à May. Il y avait forcément quelque chose à faire, cette pauvre dame ne pouvait pas subir un tel destin. Aucune femme ne devait subir cela, répétait Maria.

Lorsque May raccrocha, elle n'avait pas avancé. Elle prit son portable et entreprit une simple recherche sur internet. Pour une fois, ses études de droit lui servaient à quelque chose. Il y avait plusieurs manières de prouver une filiation. Une expertise génétique pouvait être demandée dans certains cas. Cela dit, sa réalisation pouvait s'avérer difficile si le défunt n'avait pas exprimé son accord de son vivant.

Tous ces articles qu'elle lisait expliquaient comment

prouver une filiation paternelle, comme si la filiation maternelle était évidente. Elle pouvait l'être si Gaïa avait effectivement accouché à l'hôpital, mais était-ce bien le cas ? Dans le village, le recours à l'accouchement à la maison se pratiquait encore souvent. A fortiori pour des naissances illégitimes. Son père avait dû l'évoquer une fois dans un dîner mondain. La parenté entre Nina et Gaïa n'était sans doute dans aucun registre officiel. Comment Elio et Rita avaient-ils pu accepter cette situation ? Pourquoi Gaïa ne lui avait-elle pas légué une partie de ses biens ? May ne pouvait plus avancer seule. Elle avait promis à Nina de ne pas le faire mais elle devait appeler son père en urgence. Elle ne l'avait plus eu au bout du fil depuis bientôt un mois. Lorsque Elio décrocha enfin, sa voix trahissait une vive émotion. May la décela immédiatement. Il lui demanda s'il faisait beau… May était grave. Oui, il faisait beau, mais cela ne suffisait pas.

Son père resta silencieux. Il ne s'épanchait jamais, gardait tout pour lui. Il fallait donc faire autrement pour accéder à ses émotions.

Elle pouvait imaginer son appréhension à distance, par les soupirs, les silences, le timbre de sa voix, elle avait appris à le lire au moindre son qu'il prononçait.

« Pourquoi tu ne m'as jamais rien dit pour Nina ? »

Le silence se prolongeait. May poursuivit.

« Qu'est-ce qu'elle va devenir ?

— C'est plus compliqué que tu ne le penses… Et puis… tu étais trop jeune. Je n'ai pas voulu vous embarrasser avec des histoires d'adultes. Vous profitiez et c'était le plus important. J'avais envie que vous gardiez de cette maison, de ces étés, de mon village, de mon pays, la meilleure image possible. Que vous ayez envie d'y retourner, c'est une partie de moi que je voulais vous faire partager.

— Papa, tu ne peux pas dire ça. Je parle de choses très sérieuses, je parle de quelqu'un dont le destin entier repose entre vos mains d'héritiers et tu me parles de toi. Je ne parle pas de toi, pas de nous, mais de Nina. Je parle de cette histoire dont je suis complice. J'ai le droit à la vérité sur tout ça.

— Ma fille... c'est compliqué... Pas comme ça, pas par téléphone, à distance. Il faut qu'on prenne le temps. Je suis idiot. Comment ai-je pu ne pas me douter que tu découvrirais tout cela ? Tu as toujours été différente, à tout ressentir, à tout voir avant que les indices ne s'accumulent. Moi, je ne suis qu'un rationnel endurci... je ne fais pas confiance à mon intuition. Il faut qu'on prenne le temps...

— Mais on n'a pas de temps, papa, Nina va être mise à la porte et elle n'héritera pas de cette maison à laquelle elle a le droit autant que vous. Elle est âgée, analphabète, elle n'a rien connu d'autre que cet endroit ! »

Elio raconta le secret de sa mère comme si May ne le connaissait pas. Il raconta l'histoire de sa demi-sœur, Nina, d'une voix lente et tremblante. Il expliqua la négociation entre son père et sa mère. Le pouvoir de Gaïa, la maison qui lui appartenait, le respect qu'elle imposait et qui convainquit son père. May le coupa, elle savait tout cela. Il poursuivit :

« Attends, ma fille, sois patiente. Lorsqu'on était enfants, Rita et moi, on ne connaissait pas la vérité. On a grandi tous ensemble dans le mensonge. Rita a été la première à la découvrir à l'adolescence, elle a entendu nos parents en parler, et depuis… elle l'a utilisée contre elle… C'était des jeux d'enfants…

— Sauf que Nina connaissait l'histoire bien avant cela…

— Ah bon ?

— Oui, elle m'en a parlé l'autre fois. Elle a découvert la vérité d'une tout autre manière. Elle a rencontré son autre demi-frère. »

Elio était silencieux. Sa fille en savait plus que lui.

Il poursuivit, comme pour lui-même :

« On ne disait rien devant les parents mais on connaissait tous la vérité. Ils le savaient bien. L'essentiel était de ne rien ébruiter. »

May reprit :

« Nina a vécu, en silence, avec cette histoire toute sa vie. On a sacrifié son destin.

— On lui a proposé un autre destin. Elle l'a refusé.

— Lequel ?

— Avant de mourir, ta grand-mère réfléchissait à l'envoyer chez nous en France… pour la soigner.

— Elle est malade ? De quoi ?

— Oui… enfin… on n'a jamais eu de diagnostic précis,

elle n'est jamais allée voir un médecin. En France on aurait pu l'y amener mais à Tephles ça aurait été compliqué…

— Vous lui avez au moins demandé ce qu'elle voulait ? Nina a grandi ici. C'est la seule d'entre vous qui n'a rien connu d'autre. Elle ne demande rien de plus que de pouvoir y rester.

— Et quelle vie aurait-elle si elle restait seule dans une maison inutilement grande ? Dans un village sans avenir ? Avec tous ces gens qui se moquent d'elle sans qu'elle ne le sache ?

— C'est à elle qu'il faut le demander…

— C'est compliqué, on a exploré beaucoup d'options… Ta grand-mère a même pensé à mettre certains biens au nom de Nina, mais Rita l'a appris et elle n'était pas d'accord. »

Elio resta silencieux quelques secondes. May découvrait les secrets qu'il avait lui-même participé à enterrer. Jamais il n'aurait cru que sa propre fille lui en donnerait une perspective différente. Elio ajouta une dernière phrase, hâtivement. Il aurait voulu avoir cette conversation en face à face.

« Nina est fragile. Elle a beaucoup souffert et ça a affecté son état psychologique. Ça ne s'améliore pas… Parfois, elle est confuse. C'est aussi pour ça que ces histoires d'héritages sont vraiment compliquées… Tu ne devrais pas t'en mêler… »

May raccrocha le téléphone. Elio était blessé. Pour la première fois, il mesurait l'impact des décisions qu'il avait prises dans sa vie. Il avait grandi, choisi un endroit stable pour vivre, pour faire son nid. Les choses se passaient bien, il avait fait un enfant, puis deux. En devenant père, il avait cherché à transmettre ce qu'il savait, ce qu'il aimait, ce qu'il avait et ce qu'il n'avait pas. Et puis il avait réalisé que ses enfants étaient nés dans un autre univers. Pas seulement une autre ville ni une autre région. Mais un autre ciel, une autre mer, un autre soleil. Le fracas était énorme, une partie de lui ne serait jamais transmise, certains souvenirs mourraient avec lui, certaines histoires passeraient inaperçues. Il faudrait accepter que les dialectes disparaissent, que certaines habitudes paraissent obsolètes, certaines références trop vieilles. Il s'y refusait. Il avait tenté de garder un lien. Il y était parvenu, d'une certaine manière. Surtout avec May, elle était curieuse, aimante, intelligente. Mais connaître un territoire, ce n'est pas seulement le chérir, c'est l'éprouver. Sa fille le réalisait à ses dépens.

*

Mars

Aujourd'hui, Gaïa m'a giflée. J'étais assise sur le canapé comme d'habitude quand j'ai entendu un cri dans la cuisine. J'ai accouru du plus vite que j'ai pu. Nina était par terre. Depuis quelque temps, elle fait des crises à répétition. C'est chaque fois la même chose. Elle perd connaissance et tombe sur le tapis. Nous n'étions que trois à la maison, Gaïa, Nina et moi. J'ai proposé à

Gaïa d'appeler les urgences. Cela m'est déjà arrivé une fois lorsque je travaillais dans un café sur la plage. Un homme a fait un malaise. J'ai pris le téléphone moi-même et composé le numéro pendant qu'un client exécutait les gestes de premiers secours. Mes mains tremblaient mais ma voix était parfaitement claire. J'étais fière de moi. Une ambulance est arrivée quelques minutes plus tard.

Gaïa m'a regardée droit dans les yeux et m'a dit de retourner sur le canapé. Je n'avais jamais vu autant de violence dans son regard. Ses pupilles noires brillaient. Elle a dit que ce n'était rien de grave et qu'elle allait s'en occuper. Que j'étais trop jeune pour gérer des choses comme celles-là. J'ai insisté. Ma joue m'en brûle encore. Nina s'est réveillée en criant très fort. Je ne parvenais pas à comprendre ce qu'elle disait. Quelques voisins ont accouru. J'eus la mission de les renvoyer. Tout ça devait se régler par de longues scènes dont seule notre famille a le secret. Ces moments-là, j'ai appris à les fuir. Je sais déceler leurs prémices. Je sais prévoir la tempête.

*

Nina se levait au petit matin, s'asseyait sur les banquettes du salon face à la baie vitrée et elle pleurait. Elle pleurait face à l'eau bleu glacé et l'orange éclatant du ciel. Une odeur de pins entrait par la fenêtre. Son enfant avait fini dans la mer. Elle l'avait pris entre ses mains et l'avait déposé dans les vagues. Elle pleurait cette minuscule forme anonyme, elle pleurait ses petits membres fragiles et bleus. Bleus comme la mort. Bleus comme la mer. Bleus comme son existence. Jamais personne ne l'aimerait. C'était trop tard. Elle était trop vieille pour avoir des enfants. C'était fini. Elle mourrait seule au monde. Son corps pourrirait dans la maison pendant des semaines avant que quelqu'un ne le retrouve. À la réflexion, elle préférait encore mourir dans la mer. Au moins elle rejoindrait ce petit corps chétif qu'elle y avait déposé. Elle essuya ses larmes. Son visage était rouge, son nez coulait. Il lui restait Leila. Si la maison était vendue. Si elle ne prouvait pas sa filiation. Elle quitterait la famille en emportant Leila. Pourquoi cette famille adoptive la mériterait plus qu'elle ? Elle était bien capable d'élever un enfant, elle aussi ! Elle savait exactement quoi faire. Elle lui apprendrait toutes les choses qui n'intéressent plus personne. Elle lui apprendrait à regarder le ciel, à faire grandir les arbres, en récolter les fruits, les cueillir à chaque saison, s'occuper de la maison. Elle lui apprendrait à observer la mer ; à savoir quand elle est prête à nous recevoir et quand elle devient dangereuse. Elle prendrait Leila et ne reviendrait jamais. Elle irait n'importe où tant qu'il y aurait l'eau bleu glacé, l'odeur des pins et le ciel orange éclatant. N'importe où. Elle prendrait l'enfant et elle ne reviendrait jamais. C'était décidé.

III

MER

11

Camélia avait surgi du garage. On aurait dit que tous ses traits tiraient vers le bas. Le masque était tombé. May ne l'avait pas revue depuis le repas familial, le lendemain de la mort de Gaïa. Ce jour-là, lorsqu'elle parlait à May, sa peau semblait tendue à la surface de son visage. Elle était comme étalée, incapable de s'animer du moindre mouvement. À présent, elle ne cachait pas sa colère. Elle dévala les marches de l'entrée à toute vitesse et frappa à la grande porte. Un silence lui répondit. Il faisait chaud. Sa chemise blanche était humide. May, encore endormie, laissa traîner ses yeux par la fenêtre. Les cheveux de Camélia roulaient sur ses épaules. May l'observait d'en haut lorsque Camélia perçut son regard. Elle leva immédiatement la tête. Le soleil tapait fort, elle se couvrit d'une main sans cesser de fixer sa cousine. May disparut et descendit une à une les marches de l'étage puis ouvrit la porte. Elle tremblait. Elle questionnait presque sa décision de la veille, ce message qu'elle avait envoyé précipitamment à sa cousine pour ne pas avoir le temps de le regretter. « J'ai lu ton carnet. Je suis désolée. »

Leur face-à-face se poursuivit. Les regards qu'elles s'échangeaient en silence valaient des milliers de mots. Elles s'assirent dans le salon, dont les fenêtres étaient baignées de soleil. Il était d'une puissance insolente, de celles qui font culpabiliser d'être malheureux.

« C'est elle qui t'a donné mes carnets, c'est ça ? J'en étais sûre !

— Qui "elle" ?

— Nina ! Depuis le début, elle fait semblant de ne rien comprendre mais je sais que c'est elle qui est derrière tout ça !

— Je l'ai trouvé toute seule, ce n'est la faute de personne et surtout pas de Nina. Je suis revenue ici pour comprendre. Savoir comment tant de choses ont pu nous éloigner. »

Camélia poursuivit. Elle n'avait pas écouté la réponse de sa cousine. Elle avait des choses à dire.

« Elle m'a toujours observée quand j'écrivais… comment j'ai pu ne pas le remarquer plus tôt ? J'ai été bête de laisser mes carnets ici… Je les ai cachés de mes parents. J'aurais dû les reprendre à la mort de Gaïa.

— Nina n'y est pour rien…

— Moi aussi, je la défendais au début… Nina s'est mise en travers de tous les projets que ma mère avait pour la maison. Elle a raconté des mensonges à Gaïa pour les brouiller… Où est-elle, d'ailleurs, celle-là ? Je ne me suis pas aperçue tout de suite de ses magouilles… Mais quand j'ai eu… ma fille… Je peux le dire puisque maintenant tu sais tout… elle s'est transformée, elle ne contrôlait plus ses crises.

— Qui t'a dit ça ? Je n'y crois pas.

— Tu n'as qu'à demander à ton père, qui vous cache la vérité depuis votre naissance. »

May ne reconnaissait plus sa cousine. Son visage s'était crispé, son regard était devenu méchant. Qui était cette femme qu'elle avait en face d'elle ? À quoi rêvait-elle ? Qu'avait-elle vécu ? Qui l'avait blessée ?

Camélia reprit :

« Pourquoi tu as lu mes carnets au lieu de me poser des questions ? »

May resta silencieuse. Elle n'y avait jamais songé. L'occasion s'était présentée et elle l'avait saisie sans trop réfléchir.

« Je ne sais pas. Je suis tombée sur ce carnet et je n'ai pas résisté. Plus je te lisais… moins je te reconnaissais. L'écart se creusait entre nous et je ne savais plus comment te reparler… Je ne savais plus par quel bout prendre les choses. Je découvrais une autre personne… »

Un silence glacé se creusa entre elles. Camélia reprit la conversation :

« Je suis un personnage dans l'univers de tes vacances, quelqu'un avec qui tu viens passer du bon temps. Les moments qu'on a passés ici ont toujours été trop courts pour accueillir des drames. Tu partais toujours avant les plus grosses explosions, les déceptions les plus amères. Tu laissais un vide énorme. »

Quelques larmes s'étaient formées au coin de ses yeux. Elle les épongea immédiatement et poursuivit, déterminée :

« Mais maintenant, de toute façon, c'est trop tard. Tout

a changé, il n'y a plus rien à rattraper. Il faut que cette maison soit enfin vendue et que disparaissent avec elle tous les faux souvenirs heureux qu'on s'est inventés…

— Tu peux pas dire ça ! C'est pas parce qu'on nous a caché des conflits que notre bonheur n'était pas sincère.

— Écoute, la maison va être vendue. Chacun va retourner à sa petite vie. Sans même vous en rendre compte, vous allez vous détacher de ce village dont votre père ne vous a légué que des souvenirs. Peut-être qu'un jour vous reviendrez pour le visiter comme on visite un paysage étranger. Vous le trouverez joli puis ce sera tout.

— Je t'interdis de dire ça…

— Et pourtant c'est le destin de cette famille, May.

— Alors tout est fini et je n'ai plus qu'à rentrer chez moi ? »

May retenait ses larmes. Son visage s'était tordu, ses joues et son menton s'étaient contractés. Sa lèvre inférieure tremblait.

« Je suis venue chercher mes affaires… et te parler. Jusqu'ici tu n'as toujours eu qu'un seul point de vue sur les choses, celui de Nina et de ton père. Et encore… ils ne te disent pas tout. Il n'y a jamais une seule version des faits, il y en a autant que de protagonistes. Il faut savoir s'y intéresser. »

Sur cette phrase, elle quitta le salon, monta au deuxième étage et revint avec le carnet que May avait trouvé dans la bibliothèque. Elle fulminait.

« Où sont les trois autres carnets ?

— Je ne sais pas, quels carnets ? Je n'en ai pas trouvé d'autres.

— Toute ma vie est dans ces carnets… Je les ai laissés ici pour que mes parents, enfin pour que mon père ne tombe pas dessus. Je suis sûre que c'est encore un coup de Nina. Elle va me le payer… »

Elle hurla. Son cri déchira le jardin et se répandit en échos. Et puis elle disparut dans l'embrasure de la porte.

*

Sans m'en rendre compte, j'avais mis ma propre famille sur un piédestal. Rien de ce que je voyais de mauvais dans le monde ne pouvait les concerner. Toutes les pulsions nocives étaient tenues en laisse par cette cellule inviolable qui m'avait fait naître et m'avait vue grandir.

Contrairement à celui de Camélia, le carnet de May était resté vierge pendant des mois. Son psychiatre lui avait conseillé d'y jeter quelques idées plutôt que de les ruminer lorsqu'elle n'arrivait pas à dormir. Cela la reprenait. Elle avait cinq appels manqués de Maria. Elle n'était pas prête à la revoir. Avec elle, on n'avait pas le droit de se laisser aller au chagrin. C'était forcément du temps mal utilisé. May reposa le carnet sur sa table de chevet et sortit de sa chambre. En descendant les escaliers, elle entendit des sanglots. Elle accéléra le pas, Nina était en bas. Elle pleurait.

« Qu'est-ce qui ne va pas ? demanda May.

— Il n'y a rien à faire, ma fille. C'est trop tard. Le

compromis de vente a été signé. Il n'y a plus rien à faire je crois. Je vais partir.

— Pourquoi tu ne viens pas vivre avec nous ? demanda May, à court d'idées.

— Je suis trop vieille pour changer de vie. Je ne m'y ferais pas. Je le sais. Ton père me l'a déjà proposé il y a bien longtemps.

— Et pourquoi tu n'as pas voulu ?

— Je n'ai pas l'énergie d'aller ailleurs. Ma fille, je m'en vais. Ne dis rien à ton père. Prends soin de toi. Tu es quelqu'un de bien. Oublie l'héritage. Je voulais la maison, l'argent je m'en fiche. Je n'ai besoin de rien. Ne me cherchez pas. J'insiste. Ne me cherchez pas. On se reverra un jour, ne t'inquiète pas.

— Mais… tu vas où ? »

Nina se précipita vers sa chambre. Elle vida la boîte à bijoux de Gaïa d'un coup sec puis rassembla quelques affaires dans un large tissu qu'elle noua à ses épaules et à sa taille. Rien ne pouvait l'arrêter. Elle disparut quelques minutes plus tard par la grande porte du garage.

12

May contacta la police de la ville. Elle raconta l'histoire d'une traite, comme si les mots se précipitaient dans sa bouche. Au bout du fil, elle entendait la respiration d'un homme, forte et pénible. Il tapa sur le clavier de son ordinateur en cherchant Nina. Rien. Il épela le nom de nouveau. Elle confirmait. Il était formel.

May précisa le contexte, Nina avait choisi de partir mais son état de santé était fragile. Le policier resta distant. Par téléphone, il n'y avait rien à faire. Il fallait qu'elle se rende au commissariat pour remplir une demande de recherche en apportant avec elle trois photos de Nina, son acte de naissance dûment légalisé ainsi que les informations complètes d'une personne à contacter au fil de l'enquête, carte d'identité, passeport, adresse, téléphone. Il mentionna trois autres documents dont May n'avait jamais entendu parler.

May comprit que ces papiers étaient impossibles à rassembler dans le temps qui lui restait. Elle nota quand même l'adresse sans grande conviction. Curieusement, elle eut une pensée pour Gaïa. Elle pensa à son secret. Elle pensa à ce bonheur qu'elle s'était donné tant de mal à préserver. Elle aussi avait dû souffrir.

May était perdue. Le départ de Nina l'avait profondément attristée mais elle avait insisté pour qu'on ne la cherche pas. Il était temps de rentrer. Elle avait craint ce moment pendant des mois. Elle avait craint un retour sans réponses. Craint de rentrer avec cette éternelle impression que quelque chose lui échappait dans son histoire familiale. À présent, pourtant, elle avait de vraies réponses. Son séjour avait précipité les confidences. Pas celles qu'elle espérait. Il était temps de partir.

*

Ils avaient signé le compromis de vente un jeudi de février. Une seule journée de visites avait suffi. Ils disaient déjà connaître la maison. C'étaient des voisins. Rita avait placardé l'offre de vente partout dans la ville et près du village. Elle ne s'attendait pas à ce que quelqu'un morde à l'hameçon si vite. Plusieurs familles s'étaient succédé. La maison avait tout pour plaire sur le papier. Tout allait se jouer entre un jeune couple avec une petite fille et une famille nombreuse. Tous avaient manifesté une joie non feinte à chaque nouvelle pièce que Rita présentait. Pourtant, la proximité du cimetière en avait refroidi plus d'un. D'autres visiteurs avaient trouvé l'emplacement macabre. Vivre avec les morts n'était pas dans leurs habitudes. Les deux candidats les plus sérieux ne semblaient pas s'en émouvoir. La somme que représentait la maison était correcte. Les travaux étaient importants. Le jeune couple avait grandi au village, il s'achetait un retour nostalgique à la case départ, nantis de l'argent qui couronnait leur réussite. La famille nombreuse venait de la ville. La pression d'une vie haletante nécessitait une soupape. Le choix entre les deux se fit au plus offrant. Le jeune couple eut gain de cause. L'offre fut conclue, les documents signés, les coups de téléphone passés.

Ce fameux jour, Rita rentra chez elle fatiguée. Ilan l'attendait, affalé sur la banquette du salon. Lorsqu'il entendit la serrure de la porte grincer, il s'anima :

« Alors, c'est bon ? demanda-t-il, euphorique.

— Oui, dit-elle d'une voix étouffée. Il ne me reste plus qu'à leur remettre le dernier trousseau de clefs. »

Rita ressentit une pression sur la poitrine. Sa joie avait duré cinq minutes tout au plus. L'argent, le projet… tout cela ne changerait rien. Au fond, elle le savait depuis la naissance de son premier enfant. Rien ne serait jamais assez. Mais il faudrait faire avec. Ici, le divorce n'était pas une option. On restait avec les gens qu'on n'aimait pas. On restait pour les autres : pour les enfants, les voisins, la famille, le qu'en-dira-t-on. Jamais pour soi-même. On se réveillait tous les jours avec une douleur profonde mais on se taisait. On était entraîné par un destin contre lequel on ne pouvait rien. Il fallait l'accepter ou mourir. Toujours sauver les meubles, la famille, le bonheur apparent. En vendant la maison, Rita avait accompli sa mission. Elle s'allongea à son tour sur la banquette, épuisée. Ilan, lui, tenait un vieux téléphone à la main. Il faisait défiler, l'une après l'autre, les vidéos qui s'échangeaient sur les réseaux sociaux. Cela faisait quinze ans qu'il n'avait plus que ce genre d'occupations oisives. Il rêvassait, seul, vidant son anxiété dans des futilités rendues si accessibles.

*

Octobre

Cela s'est passé un certain été. Les lignes de la fracture étaient encore visibles. Cela s'est passé un certain été et le mur a cédé. J'ai cherché à partir moi aussi. J'ai cherché à fuir ce qu'ils désignaient tous comme un paradis lorsqu'ils y revenaient. Personne n'osait leur dire que c'était une prison. Mais, moi, je le savais, parce que je l'avais subi, parce que j'en étais captive. Ils traînaient les jambes sous les tables, ils enlevaient les grains de sable de leurs pieds, un par un. Et j'avais reçu la réponse. J'avais reçu un refus pour le stage que j'espérais faire. Je n'irais pas là-bas, en France. Je resterais ici. Et elle viendrait me visiter de temps en temps. Elle apporterait du chocolat, des habits, des sourires. Mais je ne pourrais plus l'aimer pareil. Plus jamais. Ils m'avaient refusée. Je n'avais pas les bons diplômes. Pas la vie qu'il fallait. Enfant, mes parents m'avaient prévenue. Ne jamais donner ma confiance. Stocker des munitions. Ne jamais lâcher prise. J'ai été stupide. Je n'ai pas écouté. Je ne saurais pas dire ce qui a changé en moi ce jour-là. Sans doute une jalousie qui a fini par poindre. Je lui en voulais. Je lui en voulais comme à tous les autres. De m'avoir trahie, de ne pas m'avoir ressentie, d'être heureuse. Surtout d'être heureuse, je crois. Le fantasme continuait d'habiter son regard. Il l'aveuglait. Elle avait ce bonheur d'être là que je ne savais plus recréer. J'avais envie de le lui dire. J'avais envie de lui dire d'arrêter de rêver ! Je m'étais moi-même trompée. Gaïa m'avait fait fantasmer notre village. Elle enjolivait les choses. Elle me racontait des histoires et je les écrivais telles quelles. À part le soleil et la mer, il n'y a rien ici. Rien qui vaille la peine. J'avais envie de le lui dire. S'ils ouvrent les frontières, s'ils créent des routes, crois-moi qu'ils partiront tous. Crois-moi qu'ils fuiront tous comme des vauriens. Crois-moi qu'ils ne feront pas semblant d'aimer cette terre ingrate qui nous retient, qui nous soumet, qui ne nous mérite pas. Je crois que ce fut fini à jamais cet été-là. Un jour que je ne saurais pas dater. Une seconde suspendue dans cet âge adulte où nous avons été jetées brutalement.

13

La voiture s'arrêta devant la large porte du garage. Rita fut réveillée par le grincement qu'elle fit en s'ouvrant. Elle s'était assoupie près du figuier en les attendant. La maison était vide. Plus personne n'avait eu de nouvelles de Nina. May, elle, s'était finalement décidée à aller vivre chez Maria pour ses derniers jours au pays.

Les nouveaux propriétaires étaient là. Rita attacha le trousseau de clefs à sa ceinture et se leva brusquement, sa tête tournait encore. Elle sortit de la maison en lui jetant un dernier regard froid. Un jeune homme d'une trentaine d'années avança dans l'allée qui menait jusqu'à la porte principale de la maison. Il atteignit le figuier et se retourna pour appeler sa femme. Elle portait un enfant endormi sur son épaule. Rita avait conclu l'affaire avec le mari mais le visage de sa femme lui disait quelque chose. Il lui semblait l'avoir déjà vue. Rita les salua hâtivement. Elle se sentait fatiguée.

« Voici le trousseau de clefs. On peut faire un dernier tour dans la maison si vous voulez, pour que vous vérifiiez bien que tout vous va… Faites comme chez vous ! dit-elle, consciente de sa maladresse.

— Merci, c'est gentil », répondit le jeune homme.

Ils étaient près du figuier. Elle leur montra le jardin, le chemin vers la plage, le cimetière, refit avec eux le tour de chaque pièce de la maison. Ils étaient ravis. Dans leur tête, des souvenirs se formaient déjà. Ils se doucheraient ici, ils se reposeraient là. Ils prendraient le petit-déjeuner dans cette pièce, feraient l'amour dans cette autre. Les premières découvertes de Leila se feraient ici, ils la regarderaient descendre le chemin vers la plage, ils la couvriraient de baisers, partout, sans cesse. Ils se sentiraient bien. Ils s'inventeraient des souvenirs là où d'autres en avaient déjà eu avant eux. Mais ce serait chez eux. Cet espace qu'ils avaient jadis regardé par la serrure de la porte était à présent le leur.

Le tour était terminé. Rita sortit par la porte du garage, comme un visiteur quelconque. Son dos était douloureux. Elle démarra la voiture et prit le chemin de son appartement. Elle toucherait l'argent de la banque et tout irait mieux. Les rues étaient vides. On était dimanche soir au coucher du soleil. Tout le monde était chez soi en famille. Elle venait de quitter à jamais la maison de son enfance.

14

Le soleil était toujours là. La mer aussi. Mais le ciel, lui, était envahi de grues jaunes et rouges. Qui donc choisissait les couleurs des échafaudages ? Certaines parties de Tephles étaient méconnaissables. Saturées de travaux de toutes parts. Les campagnards partaient travailler en ville. Ceux qui en avaient les moyens revenaient ensuite acheter des havres de paix, critiquant ceux qui ne le faisaient pas ; pauvres « bourrins » offerts au stress et aux embouteillages. Depuis quelque temps, de plus en plus de déserteurs regagnaient les environs de Tephles. Ceux-là rentraient mourir chez eux après avoir travaillé dans les pays des autres. Les villas se construisaient par dizaines, des complexes immobiliers énormes se partageaient la vue. C'était à celui qui aurait le meilleur panorama, à celui qui donnerait le plus l'impression de plonger dans la mer. Seuls quelques vieux cimetières subsistaient encore par endroits. Les morts aussi réclamaient leur vue.

Dans ce nuage de travaux entourés de pancartes, la grande maison était restée blanche, intacte, majestueuse. Ils lui avaient donné un nom : Villa Leila. Comme leur fille. Ils avaient tout reconstruit. Leur vie était ici. Ils s'étaient fait des amis ; les voisins du complexe immobilier travaillaient dans la même entreprise que le nouveau propriétaire. La famille de sa femme habitait encore au village. C'était le cadre parfait, la vie idéale. La route permettait maintenant d'aller travailler en ville. La petite avait de la place pour jouer, dans le jardin, près de la mer. Ils lui avaient fait de l'espace, avaient rasé le figuier, étendu une grande pelouse verte partout, repeint les murets, aménagé la terrasse. Ils étaient bien. Parfois, pourtant, les grondements de la mer le soir étaient terrifiants. On entendait le souffle du vent, le bruit des vagues qui s'écrasent contre les rochers dans un fracas monumental. Bientôt, tout cela devint une simple mélodie à laquelle ils s'habituèrent. Mais, de temps en temps, une peur sourde les reprenait. La femme en parlait à son mari. Il la rassurait sans y prêter plus d'attention. Elle se faisait des idées. Personne ne les observait. La mer dormait sans réveiller les morts. Il n'y avait pas d'esprits dans le cimetière, il n'y avait rien d'étrange dans cette maison. Son imagination lui jouait de mauvais tours, voilà tout. Alors elle se rassérénait, refoulant ses frayeurs, retournant à la rondeur du quotidien. N'est-ce pas le jeu auquel on joue lorsqu'on est enfin heureux ? Ne joue-t-on pas tous à se faire peur lorsque enfin tout va bien ?

15

Nina fit le tour du village. Très peu de choses avaient changé, le village dominait toujours la colline. Il y avait la petite place occupée à toute heure, les étals du marché vide car ce n'était pas son jour, les vieillards qui complotaient dans un coin. Au loin, on voyait la deuxième colline, plus haute. L'énorme étendue verte était traversée de jaune et de rouge. Des tas de sable et de gravats jouxtaient de gros tracteurs. Quelques hommes s'activaient, faisant de grands mouvements dans le ciel. Le village lui-même n'avait pas changé mais tout autour était différent. Elle s'assit quelques minutes sur un banc en pierre. Le soleil lui brûlait les joues. Elle avait marché cinq heures, ses jambes ne tenaient plus si bien. Elle portait un petit paletot. Elle se leva, son dos était douloureux. Elle s'avança devant le Café Miramar, cinq vieillards étaient attablés autour d'un jeu de cartes. Leurs visages ne lui disaient rien. Elle s'avança jusqu'au petit chemin qui fendait la colline, le soleil était un peu descendu, il répandait à présent une lumière jaune mielleuse dans le ciel. Son corps tout entier en était recouvert. À mesure qu'elle avançait, elle chercha à se rappeler pourquoi elle était venue, la raison lui échappait totalement. Elle se sentait flotter dans une atmosphère si familière et pourtant si lointaine. Elle voyait les habitants se mouvoir, les travaux s'exécuter au loin, les enfants piailler à ses pieds. Tout cela formait une mélodie distante. Dans son crâne bourdonnait une musique lancinante. Ses tempes vibraient au son de la mer. Elle était persuadée de l'entendre du haut de la colline, persuadée de la sentir vibrer sous ses pieds. Elle s'approcha enfin de la maison ; elle était descendue, patiemment, au rythme de cette mélodie. Au bord de la route goudronnée, plusieurs boutiques avaient poussé, des épiceries pour les voitures de passage, une petite station essence pour faire le plein. La grande porte du garage était ouverte. Nina s'arrêta net. Son cœur se mit à battre à tout rompre. Sa poitrine se serra. Sa crise la reprenait. Elle entra dans la maison. Il y avait deux voitures en file. Il ne restait du figuier qu'une souche. Il n'y avait plus aucune ombre où se blottir dans le jardin. Tous les objets étaient offerts au soleil lascif et étiré, comme il savait l'être à ses dernières heures. Nina avança, elle posa ses mains sur le muret qu'elle avait blanchi à la chaux, de ses propres mains. À la vue d'un vieux pot de fleurs fendu, tout éclata. Elle n'aperçut pas la mère, qui, debout, dans la cuisine, faisait chauffer l'eau pour préparer le thé. Elle ne vit que Leila, assise sur la pelouse, les fleurs arrachées entre les mains. Et elle se mit à bredouiller en s'approchant d'elle les bras grands ouverts :

« Oh, Leila, ma Leila ! Ces plantes datent de l'époque où ils vivaient à Tephles, tes arrière-grands-parents, ma Leila. Apportées dans des pots et plantées en pleine terre. Tu te souviens de leur odeur le soir ? Celle que l'on allait cueillir en bravant les piqûres des moustiques ? Oh, Leila, ma Leila ! Tu me fais de la peine à courir pieds nus dans une pelouse sèche. Le si grand jardin de notre maison, laissé à l'abandon, vierge, sans autre verdure que ce foutu gazon. Oh, ma fille ! J'ai tout vu ! Je suis passée ici chaque année ! Tes parents n'ont pas l'art des jardins, ma pauvre ! Ils ont arraché toutes mes plantes. Ils disent que c'est à cause des rats ! Mais tu ne peux pas éviter d'avoir des petites bêtes dans un jardin. C'est comme pour les serpents : il faut leur donner de l'eau pour qu'ils passent et qu'ils s'en aillent. C'est toujours ainsi que ça s'est fait. Les gens des villes ont oublié. Alors j'ai mes propres plantes dans des petits pots comme ton arrière-grand-mère ! Elles viennent d'ici, ma petite Leila. Je les ai arrachées avant de partir, j'ai cueilli mes souvenirs un par un. Tu croyais que j'allais tout vous laisser comme ça ? J'ai de la citronnelle, de la verveine, de la menthe, du basilic et de la menthe poivrée chez moi ! Tes parents ne sauront jamais t'élever comme j'aurais pu le faire. J'avais dit à Camélia que je pouvais m'occuper de toi. J'en ai rêvé toutes les nuits, ma petite Leila. Mais cette peste n'a jamais rien voulu qui vienne de moi. Ils m'ont tous laissée pourrir ici. Ils m'ont cachée et m'ont enlevé le seul bonheur que j'ai osé souhaiter un jour. Le seul et l'unique. Je vais préparer à manger et te doucher, mon enfant. J'arrive, attends-moi, ma petite chérie ! Je t'ai donné à eux de mes propres mains, je t'ai sortie de son ventre avec mes petits doigts. Et tu es là, tu es là, tu es là ! Tu es à moi ! »

16

May reçut le faire-part dans la boîte aux lettres de ses parents. À trente-cinq ans, ce ne serait ni le premier ni le dernier. Cette fois-ci pourtant, le timbre l'interpella. Cela venait d'ailleurs. Elle déchira l'enveloppe, impatiente. À l'intérieur, un brin de lavande avait répandu ses fleurs partout. Il y avait une lettre manuscrite. Qui écrivait encore à la main ? Intriguée, May l'ouvrit frénétiquement. Maria se mariait… avec Rayan. La nouvelle lui arracha un grand sourire. May avait quitté Tephles dix ans plus tôt, jour pour jour. Elle eut un flash de son dernier passage. C'était lunaire. Elle n'en gardait que de vagues souvenirs.

Pourquoi pas, après tout ? Elle se voyait déjà, une robe d'été sur le corps, un air de vacances, des grains de sable dans les sandales, dansant sur la plage, bercée par la mer, marchant à l'ombre des grands pins. Le mariage aurait lieu dans le jardin d'une grande maison, tout près de celle de la famille de May. Maria déborderait de bonheur. Elle en distribuerait comme elle savait si bien le faire, offrant sa joie de vivre d'un simple regard. Tout cela paraissait si éthéré, en décalage. Parfois, May avait la sensation que ce territoire était devenu un rêve. Elle en avait gardé des images floues et des émotions intenses qu'elle ne partageait plus avec personne.

Cela semblait maintenant d'une autre époque. Tout comme son enfance. La vie de May était devenue très sérieuse. Beaucoup trop vite. Elle s'était mariée et avait eu une petite fille. Ses deux premières années avaient été épuisantes. Elle rentrait du travail essorée de fatigue mais elle adorait ça. Elle était devenue photographe de presse et voyageait partout. Et puis il fallait retrouver de l'énergie pour ce petit être en devenir. Une petite fille du nom de Sonia. May prit sa décision. Elle irait au mariage de Maria. Ce serait sans doute la dernière fois qu'elle retournerait là-bas pour une raison heureuse. Pourquoi se la refuser ? Son mari ne pourrait ni ne voudrait y aller. Elle le savait. C'était décidé : elle irait et elle emmènerait Sonia. Peut-être pourrait-elle lui transmettre, à son tour, un petit morceau de cet espace auquel elle s'était étrangement attachée ?

*

À 3 heures du matin, la fête battait son plein. Le ciel et la mer ne faisaient qu'un. La ligne d'horizon s'était évanouie dans l'obscurité. On ne voyait plus que l'écume, seul indice d'une mer vivante. May retrouvait l'énergie de ses quinze ans. Les plis de sa longue robe étaient noirs à force de frotter le sol. Son chignon était parcouru de petites ondulations. Elle avait pris de l'assurance. Elle était solaire.

Deux hommes, attablés près de la piste de danse, la dévoraient du regard. Elle s'éloignait pour rejoindre les toilettes lorsqu'une main se posa sur son épaule. C'était Nina. Des rides profondes s'étaient tressées sur son visage. Son œil droit n'était qu'à moitié ouvert et elle avait des traces de brûlures sur le cou. Elle était habillée d'une simple tunique blanche qui tirait sur le gris. Elle était sale, elle sentait fort. Sa peau avait la couleur des corps qui restent longtemps au soleil. D'un rouge profond et foudroyant. Elle marchait pieds nus. Elle prit May dans ses bras. Personne ne l'avait vue rentrer, on aurait dit qu'elle venait de la mer. May se blottit dans la chaleur de son étreinte. Elle avait l'odeur de la terre. Elle lui faisait peur mais elle sentait au fond d'elle une chaleur immense qui la rassurait. Nina la serrait encore plus fort, sans un mot. Elle la berça entre ses bras et émit quelques mots inaudibles. Puis elle les répéta, de plus en plus fort, jusqu'à crier, sans jamais lâcher May. À présent, les convives s'étaient arrêtés de danser. La musique continuait à sortir des grandes enceintes installées pour l'occasion ; mais tout le monde était immobile, comme hypnotisé par la scène qui se jouait. Les mariés faisaient à présent partie du public. Et les mêmes mots défilaient incessamment, écorchés, mélodiques, déchirants.

« J'ai vu ta petite fille. Si belle, si belle. Je vais la prendre avec moi. Elle est à moi, elle est à moi ! »

Composition : PCA
Achevé d'imprimer
par CPI Firmin-Didot
à Mesnil-sur-l'Estrée, en mars 2021
Dépôt légal : mars 2021
Numéro d'imprimeur : 163013

ISBN : 978-2-07-292690-7/Imprimé en France

374801